万葉の心

中西 進

毎日文庫

万葉の心　目次

はじめに

純粋な詩は美しい。日本ばかりではなく、世界の文学の長い歴史は、さまざまな詩をうんで来たし、その中には、われわれの深い感動をよぶものも少なくない。しかし、もっとも美しい詩とは、やはりもっとも純粋な心の表現であろう。

「万葉集」というぼう大な歌集は、それこそあらゆる人間感情にわたる詩をおさめていて、それを単純に要約することはむつかしいし、この多様性の中に、われわれのどのような問に対しても答えてくれる要素もあるのだが、つきつめていった「万葉集」の基本は、心の純粋さにある。これから述べようとする、「万葉集」のさまざまな意匠も、実はこの原点をけっして忘れたものではないのである。多様性はその上における変化にすぎない。

私の、もっとも愛する「万葉集」の歌の一つは、これである。

吾《あ》が恋は真実《まさか》もかなし草枕多胡《たご》の入野の奥もかなしも

作者未詳（巻十四、三四〇三）

東歌《あずまうた》の一首。「かなし」とは、切なく胸をせめる感情で、「愛し」とも「悲し」とも書く。「草枕」は「多胡」という地名の枕詞、その入りこんだ野の奥のように、「おく」＝未来も、現在も「かなしい」というのである。

恋の心を語る表現はきわめて多いだろうが、この東国の人間は、恋を切ないとしかいっていない。それでいて、これほどに恋の心を雄弁に物語ることばは、ほかにあるだろうか。「万葉集」の歌は、凝《こ》った技巧を使ったり、複雑な表現はけっしてしないかわりに、このように単純・率直に表現される。飾りはないかわりに偽りのない、この純粋さは、人間の真実の一点だけを言いあらわしていて、気《け》高くも美しい。

万葉びとは、こうしたひたむきな抒情をもって、この歌集の中に集《つど》った。そしてそれ以上のことを、何もしていない。歌をうたったからとて、現実には何の足しにもならないだろう。そのとおりに、彼らは悲しければ悲しいといい、うれしければうれしいと訴えただけである。これが、次の時代の詩集になると変わって来る。平安朝のはじめにできた漢詩の集、たとえば「経国集《けいこく》」などは、「文章は経国の大業なり」という文学の見方によって編集されたものである。文学というものは、国家をおさめる大事な役割をもったものだ、という考えである。これはすでに詩を作ることに現実の効果というものを考えたものである。これについでできた、最初の勅撰集《ちょくせん》「古今集」でも、このような漢詩に匹敵する役目を、和歌にも考えようとしている。ところが、万葉びとはいっさい、そんなことは考えないのである。歌を作るときのみならず、全体の「万葉集」を編集するときも、そうである。

そこで考えてみれば、これは、文学のもっとも基本のあり方ではないか。これ以上に正しい詩の歌い方が、あるだろうか。そして、こうした詩の本質的なあり方によって、人間はすべて万葉の詩人となることが可能だった。「万葉集」に歌をのこした人は、天皇から大道芸人まで、あらゆる種類の人々である。兵士もいれば遊女もいる。農民も漁師もいる。彼らは心から、歌いたいことを歌う形で、この詩集に参加している。明治の文豪、島崎藤村が、若々しい明治の青年たちを思いうかべながら、「いふぞよき。ためらはず、いふぞよき」といったときの、その胸にあった感動は、そのまま「万葉集」を読むときの感動でもあろう。

「万葉集」の歌を作ることも、「万葉集」という書物を作ることも、すべては自己の感動に発している、無償《むしょう》の行為なのだ。文学とは、そういうものだという点において、「万葉集」は、もっとも本質的な文学のあり方を示すのである。

それでは、「万葉集」は、おのおのが勝手な歌をよみ合っている、まとまりのない書物なのか。そうではない。古代人は、つねに共同体的な社会にあった。政治、社会の体制も、生活の場も、そして個々人の心情においても、彼らはつねに集団と共にある。もちろん、個我の目ざめはあるし、他を拒絶した、深い孤独も歌われている。しかしこれも先の純粋さと同じバリエーションであって、近代人とまったくひとしいものではない。だから、上に述べたように純粋な無償の詩人たちは、おのずからにして一つの輪につらなり、人間であることの、基本的な哀歓を示してくれる。いわば、「万葉集」は人間連帯の書物なのである。

万葉の山なみ

籠もよみ籠もち

「万葉集」という巨大な作品の姿は、遥かに虚空に稜線をつらねながらつづいている、大きな山脈に似ている。一きわ高くそびえる峯々が並び、しかもそれらは孤立する高嶺ではなくて、周囲の峯々がこれを支え、複雑なひだをあちこちに作りながら、美しい傾斜は、いつか接して平地となっている。

この山なみは時としておごそかであり、時としてやさしい。千古のなぞを秘めてわれわれを寄せつけないかと思うと、われわれを招き寄せて、そのふところに憩《いこ》わせてくれる。千変万化の風姿は、いまだに人の踏みこめない未知の沢もあって、これからも「万葉集」を不滅の古典たらしめるだろう。

われわれは、これから柿本人麻呂とか大伴家持とかという秀峯に接し、ひっそりと静まった民衆という谷あいにもおりていこうと思うが、まず全体として万葉連峯は、どのような山容をなしているのか。

籠《こ》もよ　み籠持ち　掘串《ふくし》もよ　み掘串持ち　この丘に　菜摘ます子　家聞かな　名告《の》らさね　空みつ　大和の　国は　押し靡《な》べて　我こそ居れ　敷き靡《な》べて　我こそ坐せ　我こそは　告らめ　家をも名をも

雄略天皇（巻一、一）

これが「万葉集」の最初に載せられた歌である。作者と伝える雄略天皇は、小高い丘の野に若菜をつむ少女に呼びかける。「籠よ、美しい籠をもち、草の根を掘るへら、美しいへらをもって菜をつんでおいでの娘よ」と。そして言う。「あなたはどこの娘か、人は何とお前を呼ぶのか」それから天皇はわが身を明かす。「この大和の国は、すべて私が支配しているのだ、私こそ言おう、家も名も」。

この歌をくり返し口ずさんでみるとき、それの大らかな味わいはどうだろう。何という牧歌的なしらべだろう。

「万葉集」は、全部で二十巻、約四千五百首の歌からでき上がっている。このぼう大な歌集はこの一首からはじまる。雄略天皇は五世紀の後半に生存した天皇で、武勇にたけた人物であった。実はこの歌は実際に雄略天皇が作ったのではなく、後の時代に伝えられた「雄略物語」とでもいった物語の中に、古くから伝えられた歌が組み入れられていたために、作者を雄略天皇というようになったのだが、雄略は、物語の主人公として、この歌の作者に仮託されるのにふさわしい王者であった。

しかも、この歌は、いわゆる「若菜つみ」の行事の中で歌われる一首であったらしい。「若菜つみ」は早春のころ、村中のものが総出で野に出て菜をつみ、遊び、山に入っては村を見おろして国土を祝福し、恋の歓びを交わす行事であった。古代にはことばに霊魂がやどっていると信じられていたから、歌によって国土を祝福することは、同時に祝福が実現することでもあったし、男女の交歓は、秋の豊かな収獲の、さながらの模擬《もぎ》であった。この一首は、こうした聖なる行事に歌われた歌である。

一首は、素朴な演劇の形式で、野の娘に求婚する男の歌として歌われた。家や名を聞くというのは求婚を意味し、それを明かすことは応諾したことになった。求婚には男は自分の身分を明らかにしなければならない。求婚者に扮《ふん》した男は、この歌をうたいながら、女に近づいてゆく。女の持ち物をほめるという形も、当時の儀式の歌に多いものだが、求婚する男が女の身辺をほめながら近づいてゆくのは、いまも変わらない男心でもあろう。

この歌では求婚者は大和の支配者、つまり天皇になっているが、元来は「空みつ」以下「我こそ坐せ」までは場合場合の男に応じて、せい一杯自分を誇示してみせるせりふが、いろいろとあったはずである。それは演劇になると主人公にふさわしく改められ、この場合は「雄略物語」の中で、このような形となったのである。

このように見て来ると、この一首は国土に祝福をもたらす聖なる行事の歌で、しかも雄略という古い王者の堂々たる歌として伝えられていた歌だったことがわかる。「万葉集」はそうした一首で最初を飾りたてて、編集されたのである。

萌え出づる春

しかし、「万葉集」は全体が一ぺんに編集されたのではない。巻一の一部分がまずできあがり、別に巻二の一部分ができあがり、それがまた補なわれてひとまとまりになり、といったぐあいに、少しずつ作られていった。これらの最初のまとまりは、七世紀の後半、持統《じとう》天皇のころまでのものを集めたのにはじまり、八世紀の中ごろ、聖《しょ》武《うむ》天皇のころもずっと加えられつづけて、最終的にいまの形になったのは、奈良時代のおわりか、平安時代のはじめごろと思われる。あるいは平安時代もずっと後になってからか、とも疑われるほどである。

したがって、それぞれ独立して編集された、多くの巻々の最初は、巻一と同じように、古くから由緒をもって伝えられた歌で飾られている。巻二は、

君が行き日《け》長くなりぬ山尋ね迎へか行かむ待ちにか待たむ

磐姫《いわのひめ》皇后（巻二、八五）

以下四首からなる一連を巻頭にのせる。これは夫の仁徳天皇をしたう歌で、「古事記」にも多くのせられている、仁徳天皇をめぐる歌物語の中の一首である。仁徳天皇は五世紀のはじめごろ生存した天皇で、これまた雄略天皇同様に、古代の代表的天皇

であった。その恋の物語は、時代をくだって七、八世紀にも、もてはやされたらしい。巻二の編集者は、それを最初に据えて、一巻をあみはじめたのだった。

もう一つ、有名な一首だが、巻八巻頭の歌をあげよう。

岩ばしる垂水《たるみ》の上のさ蕨《わらび》の萌え出づる春になりにけるかも

志貴皇子《しきのみこ》（巻八、一四一八）

志貴皇子は天智天皇の皇子で、後にわが子が光仁天皇として即位したので、天皇の称号を贈られて、春日《かすが》の宮の天皇、あるいは田原の天皇とも呼ぶ。「万葉集」に短歌ばかり六首を残す歌人だが、どれも清澄で高貴な歌である。

この一首も、早春の滝のほとりに新芽を出した蕨に目をとめて、春のおとずれを感じている歌で、皇子の作の中でも、とりわけ清冽《せいれつ》な一首である。題詞には「懽《よろこび》の歌」と書かれ、春の喜びの歌とも考えられるが、私は、もっと広く、喜びという感情を、このように目に見える形にえがいてみせたものであろうと思う。だから新春の喜びでも、官位の昇進した喜びでも、すべてに共通するものとして歌われたはずである。

このような歓喜の心をよんだ歌を巻頭において編集されたものが、巻八という一巻であった。巻八を最後に現在の形にまとめたのは、大伴家持であって、奈良朝のおわりごろ、光仁天皇の時代と思われるが、さらにこの巻は光仁天皇に献上したものだという考えもある。その巻頭が、父に当たる志貴皇子の歌で飾られたのだった。

巻八が大伴家持によって編集されたといったが、しかし最初から彼が編集したものではない。先立って、叔母《おば》にあたる坂上郎女《さかのうえのいらつめ》の集めた歌群があったらしいが、すべての巻々が、そのように何度かの編集を重ねて、できあがっていった。その最後に近く、「万葉集」の集大成の役目を果たしたのが、大伴家持だったわけである。

同じように、巻一、巻二という二つの巻も、最初の編集は家持に関係ない。先にも巻頭の歌をあげたように、この両巻は「万葉集」の中でも古い時代の歌を主としていて、中心は、ほぼ柿本人麻呂の時代までの歌である。つぎの巻三は人麻呂の歌からはじめられている。つまり柿本人麻呂を軸として編集されているわけで、柿本人麻呂という歌人は、それほど大きな存在だったのである。

大君は神にしませば天雲の雷《いかづち》の上に廬《いほ》らせるかも

これが巻三の最初の歌である。雷の丘は神の降りてくる山、「神奈備《かんなび》」として人々の尊敬を集めていた山である。その上に仮《かり》の休息をなさる、それも天皇が現し身の神だからだと歌う一首である。これをここに据えて巻三を作ったのは、大伴家持であろうと思われる。家持は人麻呂を先の時代の偉大な歌人として敬仰し、この巻一、二という古い歌々についで、新たな峯を築いたのだった。

このようにして、すでにできあがっていた巻々に手を加えたり、新しく一巻を作り出したりして、家持は多くの峯を万葉連峯の中に加えていったが、いつからか、「万葉集」は最後に、彼の周辺の歌々をあわせ持つようになって来た。それが巻十七から巻二十までの四巻で、冒頭に、父大伴旅人に関する歌をおき、彼が因幡の国（鳥取県）の長官として天平宝字三年（七五九）によんだ一首に到る三十年間の歌が六百首あまり記されている。この四巻と先の十六巻とが、ともに家持の手元で形をととのえられ、その後修正をされて、「万葉集」は基本の、主たる山容を持つに到った。それをなしとげた時の家持の気持は、まさに、あの「岩ばしる垂水の上の……」という歌さながらの「懽」のものであっただろう。

見れど飽かぬかも

そこで、このようにして家持によってととのえられた「万葉集」の二十の峯々が、どのような様子なのかを、概略見ておこう。

すでに、巻一や二、三などについては少しずつふれて来たが、巻一は天皇の行幸や人々の旅の折りによまれた歌を集め、これに対して巻二は、お互いに贈答しあった歌と、人の死を悲しんだ歌を集めている。ここに両巻をあわせると三種類の歌が存在するわけで、その三者を一つの巻に収めたのが、巻三であった。

だが、お互いに贈答し合った歌に相当する部分は、「譬喩《ひゆ》歌」とよばれて、物にたとえてよまれた歌を集めている。たとえば、

鳥総《とぶさ》立て足柄山に船木伐り木に伐りゆきつ惜《あた》ら船木を

沙弥満誓《しゃみまんぜい》（巻三、三九一）

のようなものがそれで、足柄の山に樵夫《きこり》が船の材料として木を切っていく、そのことを、男のものとなった女性にたとえて、惜しいことに、と嘆く歌である。だから内容は恋の歌である。考えてみれば、お互いに贈り合う歌というのは、恋の気持をよんで贈る場合が、もっとも多いはずだ。これが、恋の心を物にたとえて歌う歌に固定していくのも、当然のなりゆきだろう。

そこで、つぎの巻四では、すべて恋の歌ばかりを集めて、一巻としている。この一巻も家持が作った。しかも、その巻頭は、巻二と同じように、磐姫皇后の伝説の中にふくまれたらしい一首の短歌を据え、斉明《さいめい》天皇という、七世紀中ごろの、家持から見ればずっと古い時代の天皇の作と伝えられる歌をつづけて並べ、最後には自分の歌に及んでいる。

その数、約三百首あまり。家持は、その若き日に多くの女性たちと歌の贈答をかわした。名門の貴公子として、まことに絢爛《けんらん》たる青春であったが、後年こうした一巻を、巻頭を古歌で飾りながら編んだということは、おのずから、彼の青春の記念碑をきざみ建てたことにもなった。巻四という一巻は、そうした愛憐の思い濃き一案なのである。

ついで収められた巻五という一巻は、未整理の、メモの性格の濃い巻である。家持の父大伴旅人は、晩年九州筑紫（福岡県）に、大宰帥《だざいのそち》（長官）として赴任する。大宰府は海外との交渉の表玄関で、中国ふうな文化に賑わっていたところだが、先の沙弥満誓も、あの山上憶良《やまのうえのおくら》も、時を同じくして筑紫にいた。旅人をとりまく文学的香気は、当然のこととして、匂い出なければならない。巻五は、そのような、旅人を中心とした歌々のメモに、山上憶良の歌を加えたものである。

この巻五も最後は家持が手を加えたとも考えられるが、次の巻六もそのようである。この巻は、先の巻一と同じく、折りにふれての行幸や旅の歌を中心とし、加えて宮中その他の宴席の歌、都がかわることにともなう歓びや悲しみの歌がある。もちろん時代は巻一よりずっと後の、奈良時代の歌ばかりだが、内容的に見ると、巻四が巻二の一部をうけついだと同様に、巻一をつぐ形である。

だから、巻六は、大変に晴れがましい一巻で、その冒頭も、笠金村《かさのかなむら》という奈良朝初期の宮廷歌人の歌からはじめられる。宮廷歌人というのは、宮廷の行事の折りに歌の奏上を命ぜられて作歌した歌人のことで、人麻呂もそうであった。しかも人麻呂は吉野（奈良県南部）へ三十一回も行幸した持統天皇のお供をして、そこで天皇の讃歌を作っているが、この金村の作も元正天皇の吉野行幸に従って作った讃歌である。元正は持統の孫にあたる。そしてこの歌の作られたのは、家持がうまれて間もないころ、養老七年（七二三）である。

つまり家持にとっては、人麻呂の歌の時代を先代とすれば、当代の歌がこれであり、しかも人麻呂と同じような天皇讃美の歌であって、先代憧憬の念にみちつつ、この巻を仕上げていったと思われる。先に人麻呂をつぐといった巻三は、ちょうど、人麻呂以後、金村までの間におさまる。その金村の長歌の、反歌の一首は、次のように美しい歌だ。

山高み白木綿花《しらゆふばな》に落ち激《たぎ》つ滝《たぎ》の河内《かふち》は見れど飽かぬかも

笠金村（巻六、九〇九）

神にささげる木綿幣《しで》が花になったように波が白々と岩にたぎつ河内、これは清らかにして聖なる風景であった。

「万葉集」は、この次に巻三の体裁で作者名を伝えない歌ばかりの一巻、巻七を収めている。歌も、多く人麻呂の時代のもので、巻三と重なるもののようである。

私には、ここまでの七巻が、万葉連峯の表だった七峯のように思える。晴れがましく正面にそびえる峯々だ。そこで一旦稜線は切れて、新たな起伏へ向かうのが、先にも述べた巻八だったわけである。

木末が下に鶯鳴くも

そこで第二部万葉集は、先にも記したように、最終の四巻を除いた巻十六までの九巻である。この最初の巻八については、志貴皇子の「懽の歌」からはじまることを、先に述べた。全体としても天平時代（七二九年以後）の歌が多く、まことに優美な一巻である。家持の青年時代の歌もここに見られ、天平四年（七三二）の歌の前に並べられている二首は、家持のもっとも初期の作だとも考えられている。

うち霧らし雪は降りつつ然《しか》すがに我家《わぎへ》の苑に鶯《うぐひす》鳴くも

大伴家持（巻八、一四四一）

春の野に漁《あさ》る雉《きぎし》の妻恋ひにおのが辺りを人に知れつつ

大伴家持（巻八、一四四六）

先の歌は鶯の歌、早春の雪の中に鳴くそれの姿を歌ったもので、後の歌は春の雉の歌、姿は見えずに鳴くが、その声によって居場所が知られるという一首である。目にし耳にする春の鳥をすがすがしく歌っていて、いかにも十四、五歳の少年にふさわしいであろう。

しかし、これにつづく巻九以後の諸巻は、いささか趣を異にしている。何らかの意味で特色をもった巻で、先の巻七までの第一部とちがいをもつのである。

第一に巻九は、未整理で、何人かの歌集をつらねた形になっている。「万葉集」には、先立って編集されていた歌集があった。柿本人麻呂歌集、高橋虫麻呂歌集、笠金村歌集、田辺福麻呂《たなべのさきまろ》歌集といったものが、個人の集めたもので、このほかには古歌集、古集といったものもあった。個人のものは、ほぼ自分の作品を集めたものが、後にその名でよばれるようになったと思われるが、柿本人麻呂歌集などは、明らかに他人の歌もおさめており、必ずしも自作ばかりではない。

巻九は、このような歌集を、ただ並べるだけの体裁で、それらを資料として編集した形はない。したがって完成された一巻の美しさはないが、もっと生《なま》の魅力にみちた作品群ともなっているし、彼ら官人たちが、どのような生活体験をもち、どのように関心を抱いたかということを示すこととなっている。ことに、高橋虫麻呂という歌人は、大半の歌をこの中におさめていて、巻九がなかったら、その憂愁にみちた幻想の歌を、われわれが享受することはなかったわけだ。

そして「万葉集」は、このあと巻十から巻十四まで、まったく作者の名を伝えない、いわゆる作者未詳の五巻をつらねている。その後もちょっと特殊な巻なので、この第二部の「万葉集」は、第一部の見せる山容とは、かなり違った姿になるのである。これは巻七までのものが、いわば公的な姿であるのに対して、私的な面を見せることになる。

しかし、「万葉集」の歌の約半数は、作者未詳のものである。後にも少しずつ述べるが、それらはおおむね低い階層の民衆の歌であり、彼らが有名な歌人たちと対抗しつつ万葉の歌をになっているところに、実は「万葉集」の、もっとも大きな魅力があった。その意味で、もしわれわれが先の巻七や巻十からの五巻を失っているとしたら、「万葉集」の読者は半減するだろう。

この庶民の歌の山脈にも、いろいろの違いがあって、単純ではない。巻十は巻八と裏表のような関係で、天平のやさしい抒情の数々を集め、次の平安時代の「古今集」にすぐ続いていくような様子を示している。七夕《たなばた》という、中国から伝えられ、奈良朝の都の間でもてはやされた行事の歌も、大歌群として収めるのは、この巻である。奈良周辺の風物に寄せて、みやびな恋の心も多く歌われた。

これが天平びとにとって、当代の歌々とすれば、それに先立って古くから伝えられた恋の歌を集めたのが、次の巻十一、十二の二巻である。両者の間には差異もあるが、ともに「古今相聞往来《ここんそうもんおうらい》の歌」と呼ばれるようになった、恋歌の大アンソロジーである。歌の数も、八百七十首と多い。

私がおどろくのは、これだけの歌を奈良朝の人間が伝えたということだ。作者名はないのだから、歌の興味だけで、これが受けつがれて来たわけで、これはたいへんなエネルギーである。この力をもとに、万葉時代は歌が栄えていたのである。一人やふたりの和歌への関心などということを基として「万葉集」はできあがるはずのものではなかった。

この、歌の時代のエネルギーは、遠く東方で歌われた歌謡をも、「万葉集」により込む結果となる。東歌《あずまうた》とよばれる巻十四がそれで、これを空間的な関心とすれば、時間的な関心の中でとり入れられたものが、宮廷に伝承された長歌による巻十三であった。この両巻の存在によって、「万葉集」の世界は、また一段と豊かになった。

冬ごもり　春さり来れば　朝《あした》には　白露置き　夕には　霞たなびく　風の吹く
木末《こぬれ》が下に　鶯鳴くも

作者未詳（巻十三、三二二一）

これは巻十三最初の歌である。複雑ではないが、簡潔な表現の中に美しさがいっぱいつまっている。本当の表現というのは、こういうものを指すのではないか。この一首は奈良朝宮廷の祝賀の折りに歌われた古歌であろう。平安時代の神楽《かぐら》、催馬楽《さいばら》の同種のものにつながっていくものだ。東歌の一首はこの書物の最初にあげたが、あの人間としての真実とともに、こうした由緒《ゆいしょ》ある歌々を、「万葉集」はここに置くのである。

これ以後の二巻は付録のようなものだが、巻十五は、天平八年（七三六）に朝鮮の新羅《しらぎ》に派遣された一行の歌と、天平十二年（七四〇）ごろ、当時の一大恋愛ロマンだったらしい中臣宅守《なかとみのやかもり》と狭野茅上娘子《さののちがみのおとめ》との贈答歌群とをおさめ、巻十六は伝説の中の歌や戯れの歌、各地の民謡などを集めている。後の「竹取物語」に発展する竹取の翁の歌もここにあり、最後は流しの芸人とでもいえる「乞食者《ほがいびと》」の歌って歩いた歌である。

こうしてみると、万葉第二連峯の多彩さには、おどろくべきものがあろう。歌の数も第一部の倍近く二千四百首あまりもあり、けっして聳立《しようりつ》するふうは見せないが、懐深い世界で沢歩きのような楽しさが尽きない。

なお、この後に第三部として家持歌集というべき四巻が添えられていることは、先に述べたとおりである。巻十七は大伴池主《いけぬし》、巻十八は久米広縄《くめのひろなわ》という、家持の側近の人によって記録され、巻十九は家持自身、巻二十は大原今城《いまき》らによって記録されたものらしいと私は考えている。有名な防人《さきもり》の歌も、巻二十におさめられた。

この四つの巻の中におさめられた歌が、やく六百首だということも先にしるしたが、このうち、家持の歌は、ほぼ半数、三百首ていどである。だから家持歌集といっても、彼の生活にそって、彼を中心として歌がおさめられるにしても、個人の歌集などでは、けっしてない。その周辺の歌々とともに、彼のもとで筆録された歌群なのである。

しかし、家持が、この四巻以外の巻にのこした歌は、百五十首あまりだから、その二倍のものがここにあり、もしこの四巻を欠いていたら、家持の歌は三分の一しかのこらないことになってしまう。そうした意味あいから考えてみると、この四巻は家持にとって、大変重要な部分だということになるだろう。

それればかりではない。巻十六までの巻々には、実は天平十七年以後につくられたとのはっきりわかる歌が、ないのである。巻十七以後では、天平十八年に家持が越中の国にくだっていってから後のものが、ほとんどである。むしろこれを主として、その先に、天平二年からの歌をおぎなったあとさえ、感じられる。したがって、この四巻、第三部は、万葉の時代のおわり二十年近い時期の歌を、巻十六までの歌につづけて残している形である。

大化（六四五年）から万葉の時代がはじまると考えると、第一、二部の万葉はやく百年間、第三部の万葉がおわりの二十年間にわたるわけで、家持周辺という限られた歌とはいえ、第三部万葉のあることを、われわれは感謝せずにはいられない。

春すぎて

これら二十巻に、それぞれの歌は、まったく無秩序に並べられているのではない。右のようなできあがり方をしている以上、全体をとおして一貫した分類があるわけではないが、多くの巻々ではいくつかの分類をして歌をおさめていて、おのずからの基準がもうけられている。

この分類の、最初に用いられたのは、「雑歌《ぞうか》」「相聞《そうもん》」「挽歌《ばんか》」の三つであった。これは巻一や巻二に用いられるばかりではなく、後々の巻もこれによるものが多く、「万葉集」基本の三大分類となっている。

雑歌というのは、いろいろの歌という意味だから、実は相聞、挽歌以外ということになろう。相聞とは、お互いに聞こえた、つまり歌いかけた歌という意味だが、歌をおくる必要を考えてみると、これがほとんど恋歌だということもわかるだろう。そして挽歌とは、挽《ひ》く歌ということで、死者をおさめた棺《ひつぎ》を墓所へ挽くときの歌である。それを基としながら、広く、死者を哀しむ歌を挽歌といった。だから、愛の歌、死の歌、そしてその他の歌という分類が、「万葉集」の基本のものだということになる。

これが「万葉集」の歌の最初の分類だということは、当時の歌というものの性格によっていた。後にも述べるように、万葉には短歌という三十一音のもの以外に長歌や旋頭歌《せどうか》などがあるが、ずっと古い時代には、長歌の形で歌う儀式の歌が、中心であった。それに対して短歌というのは生活の祈りにふれて個人的な気持を歌う形式で、旋頭歌というのは、その集団的感情の表現であった。相聞という相手に歌いかける形式は、だから多く短歌であり、死をふくめた儀式に歌われるものは、長い歌謡であった。こうした歌のあり方からいえば、まず相聞として短歌を集めることとなり、その他の長歌を中心としたものから、特に死の儀礼に歌われたものを挽歌として区別すると、あとは雑歌になる。

なぜ死の歌を特別に区別したのかは、これまた歌の基本の性格であった。そもそも歌と音楽とが密接に結びつくことは、誰も異論がないだろうが、音楽を奏することを、古く「あそび」といった。そして「あそび」とは、死者の魂を鎮めることであった。したがって、歌もまた鎮魂のことばであった。それが、挽歌を特に立てた古代人の、自然な感情だったのである。

しかし、この三つの分類が歌の性格によっているにしても、考えてみれば、万葉びとがまっさきに分類したものが、愛と死とであったということは、われわれを考え込ませてしまうではないか。今日に到るまでのあらゆる文学の中から、愛と死とに関する部分をとり去ってしまったら、ほとんどの作品はのこらないのではないか。死はすべての生き物を例外とはしない。そして愛もそうだろう。だから愛は死をいっそう悲しくし、死は愛の心をいっそう激越にするだろう。万葉びとは千年の昔に、こうした人間のあり方を知っていたのであり、それにのみ、ひたぶるに眼をこらしていたのだった。

万葉びとは、やがて歌を表現として客観的に享受するようになる。すると、中国の詩の学問の影響もあって、歌がどのように表現されているかを考え、それにもとづく分類をするようになる。先に述べた「譬喩歌」という分類もそのひとつで、これはまた「物に寄せて思《おもひ》を陳《の》ぶ」という分類名になっている。月に寄せたり花に託したりして、恋の心を歌うのである。これに似ているのは「物に寄せて思を発《おこ》す」という分類だが、これは恋歌でない。またこの反対が、「正に心緒《おもひ》を述ぶ」という分類で、「正に」というのは、物を借りずに、という意味である。したがって、ここに分類される歌は、たとえば月そのもの、花そのものを詠《よ》む。つまりこれら表現の仕方をめぐる分類は、すべて〝物〟に対する態度に基準をおいているのであって、人間と物との関係が、彼らの関心であった。先の三大分類が、もっぱら人事に関することだったのと考え合わせると、彼らの人間を考える目が、周囲に、自然のもろもろに向かっていったことを物語っていよう。そこに万葉びとの心の成熟があった。

この自然への眼差《まなざし》は、四季という季節と歌との関係の重視へと育っていく。巻八と巻十とはそれぞれの雑歌、相聞をもって、春・夏・秋・冬という八つの分類をしている。有名な、

春過ぎて夏来たるらし白妙の衣ほしたり天の香具山

持統天皇（巻一、二八）

という一首は、七世紀の後半に季節の到来を躍動的によんだものだが（異説もあ

る）、天平びとは、いっそう季節に敏感であった。人間だけが四季を分かたず恋をするといわれるのに、春の恋、秋の恋とは、情緒以外の何物でもないではないか。

その次に彼らの意識に強くあったのは、旅であった。これも後の時代と大きく違うところだろうが、それは彼らが、より多く、地域的共同体の生活をしていたことと、平安朝の人々より以上に、多く旅をしたことと、一見正反対のように見える理由によっている。多くの官人たちが遠国に赴任し、異土に接しながら、半ば故郷を恋うた。それが、かつて雑歌の中に一括されていた歌々を「羇旅《きりよ》」の歌として独立させたのであった。どこどこの作という地名で分類されるものもあるし、「行路」「所に就きて思を発《おこ》す」というものもあるが、また多く旅に関して「別れを悲しむ歌」という分類もできた。

そして最後に「旋頭歌」とか「問答」とかという分類もある。旋頭歌は歌の形の分類のようにも見えるが、元来この歌は集団の輪唱の中で歌われたもので、問答とひとしい、歌われ方への関心からうまれたものであった。問答というのも相聞と似ているが、これは二首一体となって完結する面白味に特色がある。その点、旋頭歌の一首の中の性格や、連続性とひとしい。

住吉《すみのえ》の小田を苅らす子奴かも無き
奴あれど妹が御為《みため》と私田苅る

作者未詳（巻七、一二七五）

奴婢《ぬひ》がいないから自分で田を苅るのかと、田に労働する男をからかった趣の歌だが、下句は反撥して、「いやあのいとしい子のために、自分でわざわざ苅っているのだ」とやりかえしたものである。集団の哄笑《こうしょう》と共感の中で歌われた歌だ。問答の気分も同じである。

われわれはこうした四種類の分類によって、万葉びとの歌への意識を知ることができるのである。そこには文学の本質があり、彼らのおのずからの心の成熟もふくまれていた。

いや重《し》け吉事

以上のような山容をもって「万葉集」はととのえられたが、その全体が、いつか

「万葉集」とよばれるようになった。この歌集の名前は、一体、いつ誰が命名したのか、そしてどのような意味があるのか。

すでに何度かふれて来たように、「万葉集」の全体が少しずつ集合し、現在の形のできあがったのがいつかは、はっきりわからない。「古今集」以後にも、形は出入りがあったかもしれない。明確に「万葉集」が二十巻として書物に登場するのは、とにかく平安もずっと後のことで十一世紀になってからだから、それまでの「万葉集」はもっとちがった形だったかもしれないし、その可能性はけっして少なくはない。

しかし少なくとも「万葉集」が奈良朝の歌を集めていることだけは、たしかである。そして「万葉集」という名前はすでに平安のはじめには命名されている。奈良時代の終わりにしろ、平安時代の初めにしろ、あちこちから集められ大成されたこの四千五百首ないしはそれ以上のぼう大な奈良時代の古歌の集に、何びとかが「万葉集」という名をつけたことは、きわめて象徴的なことのように思われる。「葉」とは歌のことを意味するから、これは、まさに、万《よろず》の歌の集なのである。むしろこの混沌とした歌集は、そう呼ばれる以外には、何ともよびようもなかったろうし、そう呼ばれることをもって、混沌とした魅力は、いい当てられた面さえもある。

そして「葉」には「代」という意味もある。つまり「万葉集」は「万代集」にも通じる点があった。それは平安時代の終わりに藤原俊成によって編まれた「千載集」が、千年の後まで伝われという祝福の気持をこめていたのと同様に、「万葉集」も万代の末まで幸あれという祈願の心を感じさせる名前であった。

そう考えてみると、「万葉集」の最後の歌は、まことにそれにふさわしい一首で結ばれていた。

新《あらた》しき年の始の初春の今日降る雪のいや重《し》け吉事《よごと》

大伴家持（巻二〇、四五一六）

この一首でおわっていることは、家持の生涯から見るといかにも唐突で、これ以後の資料を欠いたまま、ここでおわったにすぎないのだが、この一首でおわることが重大な意味を持っているかのように、この歌は吉事への祈願の歌である。当時因幡守だった家持は、恒例によって正月の賀を、国の役所で行なった。集うものは配下の郡の長官や国の役所の官人たちである。彼らに饗宴をあたえた後、この一首を彼は披露した。山陰の冬は寒い。新春のこの日も間断なく雪が降っていたが、その目にする雪が降りつづけるように、よき事よ重なれと、祝歌をうたったのだった。雪は秋のみのりの豊かさを示す、よいきざしでもあった。

「いや重け吉事」、この祈願の歌は、万代にかけての「万葉集」そのもののいのちの祝福とも響いてくるではないか。われわれは「万葉集」という名前の中に、無限の力と祈りとを読みとることができるのである。

激動の歴史

この旅人あはれ

「万葉集」の、一番最後にのせられた歌が天平宝字三年(七五九)の作であることは右に述べたが、さかのぼって、もっとも古い歌はいつごろのものからおさめられているのか。作者として伝えるもっとも古い人物は磐姫皇后だが、これは七世紀後半の宮廷にもてはやされた物語の歌と思われる。雄略天皇も事情は同じだ。

そのように古い作者たちをふり分けてゆくと、実際にその作者によって作られた歌は、七世紀の中ごろ以後のもののようである。われわれは七世紀中ごろの政治的大事件として、世に大化の改新とよばれるものをしっている。この大化元年(六四五)以後が、万葉の時代と考えられるのである。以後、年代のはっきりわかる歌の最後が宝字三年（七五九）、歌の作られた事情を明らかにしない、いわゆる作者未詳歌は、さらに時代のくだるものもあるだろうが、かりに宝字三年までとすると、この百二十年間が、万葉の歌のよまれた時代となる。

一つの歌集のふくむ時代として、これはけっして短くない。かりに今日から百二十年をさかのぼって、江戸時代の末から後の歌を一冊の歌集としたら、それはあまりにも多様な歴史の中につつまれた歌となるだろう。ことにこれが明治維新や太平洋戦争といった大きな変動をふくんでいるのとまったく同様に、万葉の時代も、激動の歴史の中にあった。

それは、どのように展開したのか。先に大化の改新を万葉の出発の時点としてあげたのは、これが新しい国家体制へと生まれかわる大きな変革であり、そこに生まれた体制の中で、万葉の歌がよまれつづけたからであった。

ところが、これは必ずしも大化に突然訪れて来たものではなくて、いわば万葉の前夜ともいうべき時代が、この前に展開している。当時の社会制度を、ふつう氏族制社会とよぶ。日本各地に強力な氏族が住んでいて、それぞれが各地に支配権をほこっていた。中央の朝廷は、それらの連合の上に統轄する形で日本を支配していた。七世紀の初めごろ、これら豪族の中でもっとも力のあったのは蘇我《そが》氏であって、蘇我馬子《うまこ》の力は天皇家をしのぐほどであった。後の藤原道長を思い合わせれば、想像がつくだろうような、勢いであった。七世紀初頭の朝廷の課題は、これを排除して完全な王権を確立することにあった。

そのことの中心として存在したのが、時の皇太子、聖徳太子である。太子は中国大陸の進んだ学問・制度にもくわしく、その制度を応用して天皇権の確立に向かおうとした。この中国思想には、いわゆる律令制による王権の確立と、その国家体制、さらに広く封建的な氏族支配から脱け出した、人間であることの正しさとがあった。太子はこれをめざす。「万葉集」には太子の作として、

家にあらば妹が手纏《ま》かむ草枕旅に臥《こ》やせるこの旅人あはれ

聖徳太子（巻三、四一五）

という一首を伝えている。竜田路を大和から河内（大阪府）に越えた竹原井《たけはらい》というところで死者を見かけて作った、と題がついているが、「日本書紀」では同じように道

傍に飢《う》えて倒れている旅人を見て、片岡で作ったという類似の歌があり、場所をかえつつ伝承された聖徳太子物語の歌で、必ずしも太子自身の作ではない。

しかし、行路の死者に対して、妻とともに家に寝ることもなく倒れていることを悲しむというのは、明らかに太子の心そのものであって、こうした人間であることとの自覚は、あの太子の作と伝える「十七条憲法」の中にあふれている。

不幸にして太子の試みは蘇我氏の厚い壁を破れず、蘇我氏は蝦夷《えみし》・入鹿《いるか》と代々勢力をいっそう拡大していったが、「万葉集」の新しい抒情が、氏族制の世襲制度を排した、個人としての官僚による行政形態の中で生まれて来たものだとすれば、この歌に見られるような太子の人間的眼差《まなざし》は、「万葉集」の誕生を間近にうながさずには、いなかったものだ。

大君の御命は長く

聖徳太子は推古三十年（六二二）に薨《こう》ずる。その四年後に推古女帝も崩じ、田村皇子が天皇におされて立った。舒明《じょめい》天皇である。ちょうどこの年（六二六）に生まれたのが中大兄皇子《なかのおおえ》であった。のち、年十六歳で皇太子となり、やがて天智天皇として四十六歳で崩ずるまでの間は、苦渋にみちた困難な生涯であったが、その運命は、太子の薨後四年、推古女帝の崩じた年に生まれて、やがて太子と同じく皇太子となって女帝の政治を実際にリードするという生涯の開始の、この日にはじまったのだった。

父舒明は十六歳のとき崩御する。そのあとすぐ天皇になれず、前の皇后、母の皇《こう》極《ぎょく》が即位したのも、蘇我氏の圧迫と思われる。中大兄には年上の皇子があり、この古人大兄皇子《ふるひとのおおえ》は、蘇我氏出身の妃と舒明との間に生まれていた。蘇我氏に古人即位の念願のあったことは容易に想像されるだろう。中大兄が蘇我氏を倒し、律令制による天皇権の確立を目ざす理由の一つに、このときのぬぐいがたい屈辱感もあった。

その蘇我氏を倒す日が来た、皇極四年（六四五）六月、中大兄はかねての計画どおりに大極殿に自ら槍を振って入鹿を殺し、知らせを聞いた父の蝦夷は自害、巨木の倒れるにも似て蘇我氏は潰滅した。新帝には軽皇子《かるのみこ》（孝徳天皇）を立て、中大兄は皇太子として実権を握る。二十歳であった。

事を背後から策動したのは、十一歳年上の中臣鎌子、後の藤原鎌足《かまたり》であって、このブレーンを得て、中大兄は新しい政治体制をつぎつぎと打出していった。都も難波に移す。しかし四年後に思わぬ事件が起こった。ときの右大臣、蘇我倉山田石川麻呂が謀反を企てているという密告を信じ、中大兄は大臣を殺してしまう。密告者は石川麻呂の弟の身狭《むさ》、兄が自分と結婚すべき娘を中大兄にたてまつってしまったことから、兄を深く怨むようになった結果だった。無実が明らかになると中大兄は驚き、石川麻呂の娘である妃の造媛《みやつこひめ》は、悲しみの中についに死んでしまう。

さらに四年後、白雉《はくち》四年（六五三）に起こった事件は、不可解である。中大兄は都を大和に戻すことを主張し、反対する孝徳ひとりを難波において、全部の人間を連れて大和に帰ってしまうのである。孝徳は憤怒し、悶死《もんし》してしまう。この間の事情に関して、中大兄は間人《はしひと》皇后をひそかに愛していたのであろうと、推測されている。皇后は中大兄と同母の妹であった。許されぬ恋である。

孝徳の崩御後、母をふたたび皇位につける。斉明天皇である。その二年（六五六）にはわが子建王が八歳で世を去り、同じ年に有間皇子事件が起こる。皇子は孝徳の唯一の遺児、紀の湯（和歌山県白浜町）に中大兄らが出かけている時に、謀反を起こしたという報告とともに、皇子が送られて来た。それも中大兄が人をつかって謀反をそそのかし、そのそぶりを見せたところをとらえたのだという見方が強い。いつかは殺さねばならなかったのが有間なのであろう。そうした政争の非情にたえた中大兄の心情はどのようであったろうか。「万葉集」では、この護送されて紀の湯へおもむくときの歌として

磐代の浜松が枝を引き結びま幸くあらばまたかへり見む

有間皇子（巻二、一四一）

の一首を載せている。松の枝を結んで無事を祈った願いもむなしく、皇子は帰路、藤白の坂（海南市）で殺された。中大兄三十一歳、有間は十九歳の青年だった。

やがて起こった事件は朝鮮の戦いであった。かねて親交のあった百済《くだら》は、唐、新羅の連合軍に攻められて危険に瀕していた。その救援の要請が百済からとどき、斉明五年（六五九）、斉明天皇以下朝廷は九州筑紫に赴き、大軍を半島に送った。その兵三万二千、船千艘《そう》という。しかし斉明七年には斉明は怪死をとげ、遺骸を奉じて中大兄は大和に帰って来なければならなくなる。中大兄が天皇の職務を代行し、ついにその二年（六六二）に百済は滅亡する。日本軍も大敗を喫してついえた。

間人皇后が死んだのは、その二年後である。孝徳が苦悶の後に死んだ、あの事件からは十二年の歳月が流れていた。中大兄もいまは四十歳となっていた。中大兄はその死を丁重にとむらい、翌年にかけて長い葬送の事を行なった後、都を近江（滋賀県）に移し、その上で翌六六八年正月に正式に即位した。斉明死後これまでの六年間は、形式上の女帝が間人であっただろう。

遷都する一方、中大兄は筑紫に防人をおき、水城を築き、軍備を固めている。遷都もこの唐来襲に備える措置の一つだったが、異常な都うつりは、民衆の非難を浴びた。それに堪え、遷都を強行しなければならなかった切迫感が中大兄の胸中にあった。

しかし危惧された唐の来襲もなく、古来、渡来人によって文化の繁栄した近江の地は、新たに百済からのがれて来た文化人をうけ入れて、時ならぬ花を開いた。額田《ぬかだの》王《おおきみ》の歌は、この地で多く作られている。

中大兄は長い苦難ののちに、やっと平安を得たかに見えたが、最後に彼をとらえた迷いは、わが子への煩悩であった。次に皇位を継承すべき皇太子は、弟の大海人《おおあま》皇子と決まっていたのに、天智はわが子大友皇子を太政大臣に任じ、その皇位継承を望んだ。事情を察知した大海人は吉野に隠れ、その年の暮に天智は崩じた。すでに鎌足は二年前に没していた。天智は四十六歳であった。

皇后の倭大后《やまとのおおきさき》は、天皇の身に臨終がせまった時、次のような生命の呪歌をたてまつって、平癒を祈っている。

天《あま》の原ふりさけ見れば大君の御命は長く天足らしたり

倭大后（巻二、一四七）

大君は神にしませば

天智の崩御後、大友皇子が即位して弘文天皇となった。しかしこれも半年、近江朝廷では吉野にある大海人を滅ぼすべく軍備を進めるかに見えた。いたずらに坐して死を待つべきでないと決意した大海人は、ついに立って反乱の兵をあげた。世に壬申《じんしん》の乱とよばれる戦がここにはじまる。

近江朝廷側の態勢の不十分さに対して、大海人の行動はあまりにも果敢であった。

挙兵を決意したのが陰暦六月二十二日、二十四日に吉野を立って不破の関（岐阜県関ヶ原町）を押えたのは二十七日。近江側も大和の戦は善戦して大伴吹負《ふけい》の軍を破ったりしたが、追いつめられて瀬田に最後の対戦が行なわれたのは七月二十二日であった。大海人側の大勝、弘文天皇は翌日首をくくり、二十六日にその首級は不破の陣営にあった大海人の許にたてまつられた。

妃の鸕野皇女《うののひめみこ》（天智の皇女）は吉野から終始行を共にし、高市、大津といった幼い皇子たちが将軍の立場で活躍した。最初の吉野方はほんの十余人の舎人《とねり》たちだったが、東国の軍を味方につけ、大和の豪族の参加によって勝を制し得た戦だった。

この緊迫感は、後の朝廷の基本の姿勢となる。大海人は都を飛鳥にかえして浄御《きよみ》原宮《はらのみや》を築き、即位して天武となったが、つねに天皇親政の体制をとり、天武八年（六七九）には吉野に行幸して、六人のわが皇子をして仲むつまじくあることを誓わせている。皇后鸕野皇女はのちに即位して持統天皇となるが、彼女が前後三十一回も行幸したほど、吉野ならびにそこに立った壬申の乱の記憶は、後々に大きな影を投げているのである。

天武は壬申の乱に伊勢の天照大神を祈って勝利を得た。その信仰が高まり、この太陽神の子孫が天皇であるという伝承も、この中から生まれた。

　大君は神にしませば赤駒の腹ばふ田居を都となしつ

大伴御行（巻十九、四二六〇）

　この「万葉集」の歌は「壬申の乱の平定せし以後《のち》の歌」と題されていて、浄御原宮造営の行事を、「天皇は神であらせられるので」と歌っている。そしてこの上句は他にも多く用いられているように、この天武・持統朝廷の基本の思想として保持された。

　天武は十五年の在位ののち、六八六年に崩ずる。次の天皇は天武と皇后との間の皇子、草壁皇子のはずであったが、このやさしい皇子は天寿を得ず薨ずる。その子軽皇子の成人するまで皇后が中つぎをする。持統天皇である。草壁の死は持統三年（六八九）だが、先立って天武崩御直後に、大津謀反事件がおき、大津は処刑された。

　大津皇子は天武と太田皇女との間の子で、太田は鸕野の姉にあたる。かつ大津はスケールの大きな皇子で才能にもめぐまれ、衆望をになっていた。わが子草壁を天皇にしたいという持統の念願にとって、大へん邪魔になるのが大津であった。その謀反も、たくみに口実をつくられ、かつ演出されたものだという見方が強い。

持統は高市皇子を太政大臣に据え、ことごとくが天武の遺志をつぐ政治を進めていった。新しい律令をつくることもその一つであったが、浄御原宮よりさらに大きく、中国の都城にならった条里制の都をつくることも大きな夫の遺志の完成であった。持統八年（六九四）、東と北と西にそれぞれ香具山、耳梨山、畝傍山をもち、南は遠く吉野にあい対する地は王者の居となった。

持統十年（六九六）、高市皇子の薨去の後に、女帝は念願かなって孫の軽皇子の即位、文武天皇の実現を目にしたが、その後も数年間は女帝みずからが朝廷の主座にあった。本当に文武の治世となるのは、大宝二年（七〇二）、持統が崩じた後である。

この八世紀の到来は、いろいろな意味で画期的であった。大宝二年には、いわゆる大宝律令と呼ばれる新しい法律が完成する。天武朝に改定の開始されていたものの完成であり、これが藤原不比等という新しい律令貴族の雄を中心として作られたことにも、大きな意味があった。これは皮肉にも、ある意味では天武の大切にした旧来の氏族制の一つの否定であり、持統の死と宿命的なからみ合いも見せている。

柿本人麻呂という歌人は、この持統朝とともに出現し、持統朝とともに姿を消してゆく歌人で、持統の〝壬申の乱以後〟の精神を体質とした詩人であった。

早く日本へ

八世紀の開始、そして持統の死、文武治世の出発という新しい時代の動きに、もう一つ大きな意味をそえるものとして、遣唐使の派遣というできごとがあった。先に述べた推古時代には、あの有名な小野妹子らの遣隋使が、かの地の文物を持ち帰って文化の進展に寄与したのだったが、朝鮮をめぐる戦乱によって、中国大陸との交通は、絶えて久しいものがあった。天智四年（六六五）、唐使の帰国に際して派遣した遣唐使が最後であったが、大宝元年（七〇一）、三十五年ぶりに遣唐使が任命され、翌二年出発、以後、丹治比県守《たじひのあがたもり》らや丹治比広成ら、また藤原清河《きよかわ》らと、遣唐使はあい次いで大陸との間を往復する。これが文武治世と同時にはじまるところに、この時代の体質が象徴されていた。文武は壬申の乱を経験しない戦後派である。また天皇としては最初の漢詩の作者でもあった。文明開化の時代が到来したのである。

いざ子ども早く日本《やまと》へ大伴の御津の浜松待ち恋ひぬらむ

山上憶良（巻一、六三）

大宝二年出発の遣唐使一行の末席につらなった憶良は、帰国に際して、このように仲間によびかけた。折りしも唐は則天武后の末期、中国の長い歴史の中に、もっとも版図《はんと》の拡大した全盛期であった。その文物は「早く日本へ」というかけ声さながらに、続々とわが国にもたらされ、新しいわが国の歴史を彩っていった。

慶雲四年（七〇七）、文武が崩じて位をついだ元明《げんめい》（草壁皇子の妃、文武の母）は、即位の翌年には新しい都を造営するという詔書を出し、和銅三年（七一〇）、奈良に遷都した。藤原宮は広くいえば飛鳥の地であり、少なくともそれに接している。しかし奈良はもはや完全に飛鳥を遠ざかった地であり、飛鳥の地が故郷《ふるさと》となったと同様に、七世紀の歴史も過去となった。和銅五年（七一二）の「古事記」の完成、養老四年（七二〇）の「日本書紀」の成立は、これを象徴的に示すもので、それらの時代は「歴史」の中にくり入れられたのだった。書紀は持統天皇までの歴史である。

霊亀元年（七一五）、元明は位を娘の氷高《ひだか》皇女に譲る。文武の姉、元正天皇である。その養老二年（七一八）には、藤原不比等らが、また新たな律令を作った。世に養老律令とよばれるものだが、ここにも新国家への前進が見られよう。さらにやや先立って、元明の和銅六年（七一三）には「風土記」を作って朝廷に差出せという詔が発せられている。各地の地誌を作ることは、それぞれの国で大変だったとみえて、現存の「風土記」では出雲の国のそれが天平時代のものであるだけで、はかばかしく渉らなかったようだが、日本各地を郡や郷《さと》（里）にいたるまで掌握しようとする試みは、支配権のいっそうの充実と表裏一体のものにちがいない。

元明・元正両女帝は、文武唯一の皇子、首《おびと》皇子の成長を待つためのものであった。そしてその日が来た。神亀元年（七二四）、首皇子は聖武天皇となった。母は不比等の娘、宮子である。すでに皇太子時代の養老五年（七二一）には山上憶良をそのひとりとして、多くの漢学者たちが首の帝王学の師として侍していたが、聖武は即位するとまっさきに中国、朝鮮からの渡来氏族の人々を優遇した。同時に任命された右大臣も長屋王だった。

長屋王は高市皇子の子だが、漢学に秀で、漢風ごのみの文人で、その佐保の邸宅には文人が集うては漢詩の宴を催し、新羅からの来使を迎えては漢詩をよみ交わしたりした。この文人を右大臣として、渡来系の学識高い人々を優遇しながら出発したところに、聖武の中国ふう文化政治の骨格を見てとることができるのである。
聖武は「万葉集」に歌も残している。

今朝の朝け雁が音《ね》寒く聞きしなへ野辺の浅茅《あさぢ》ぞ色づきにける
聖武天皇（巻八、一五四〇）

これはその一首だが、耳の雁の声と、目の茅《ち》がやのもみじとに秋の到来を感じた、格調の高い一首である。山部赤人、高橋虫麻呂、また大伴旅人、笠金村ら、「万葉集」がもっとも多彩にいろどられる時期の歌人は、この天皇のもとに、この時期に多く活躍したのだった。

大宮人ぞ立ち変はりぬる

しかし、天平元年（七二九）に、奇怪な事件が起こった。当時、左大臣だった長屋王に謀反の心がある、という密告である。すぐに藤原宇合《うまかい》らの兵がその邸宅を囲み、翌々日には、早くも王は自ら首をくくらせられた。王ばかりではない、妃も数人の王子たちも、ことごとく自ら死を選ばざるを得なかった。許されたのは王の妃のひとりであった不比等の娘に生まれた王子たちだけであったが、いっそう奇怪なのは、そうしておいてのち六日後に、王の一族のものは許すという詔が出ていることである。

これは藤原氏の策謀ではないかという疑いを濃くさせる。げんに、この事件後半年の八月には、光明子《こうみようし》が皇后となった。光明子は不比等と県犬養三千代《あがたのいぬかいのみちよ》との間の子、こうした臣下の出の妃が皇后になるというのは、前代未聞のことであった。学識ある、政治最高の位置に坐る長屋王がもし生きていたら、そのようなことは通るはずがないのである。

光明皇后は、あの悲田院などの施薬で有名なように、聡明で優美、しかして毅然とした女性である。

わが背子とふたり見ませばいくばくかこの降る雪の嬉しからまし

光明皇后（巻八、一六五八）

聖武とともにいないときに雪の降るのを見て作った一首、あなたとともに見たらどれ程か嬉しいでしょうという歌は、周辺のどす黒い策謀にかかわりのない、人間の心の真実を伝えていて、周辺の政略を考えると、この一首はいっそう輝いているように思える。

しかし、天平時代は一方に爛熟した文化を築きながら、この事件を前兆として、暗い翳《かげ》りを帯びつづけてゆく。壬申の乱に活躍した大伴氏の長、旅人は天平三年（七三一）に薨じ、同じく名門の丹治比家の池守・県守・広成といった人物は存在するが、不比等の長子、武智麻呂の全盛時代がつづく、そして天平九年（七三七）には疫病の流行によって、武智麻呂以下房前《ふささき》・宇合・麻呂の四兄弟が薨じ、県守も倒れた。

かわって政治をリードする位置についたのは橘諸兄《もろえ》だったが、一方、中国から帰朝した吉備真備《きびのまきび》、僧の玄昉《げんぼう》の勢力が増大し、それを排斥することを要求して、大宰府に藤原広嗣が兵をあげた。天平十二年（七四〇）のことである。乱はすぐに鎮圧され、広嗣は斬られたが、この年以後、聖武は久邇宮《くにのみや》（京都府）、紫香楽宮《しがらきのみや》（滋賀県）、そして難波宮《なにわのみや》（大阪府）と、転々と行幸をつづけ、都を移し、都が奈良に戻ったのは五年後の天平十七年のことであった。それでいて天皇は、大仏を鋳造しようという、途方もない夢を抱きはじめている。

こうした中で、安定した治世の望めようはずはない。当時の宮廷歌人、田辺福麻呂は、このあわただしい都うつりに、

咲く花の色は変らずももしきの大宮人ぞ立ち変はりぬる

田辺福麻呂（巻六、一〇六一）

と歌っている。この何とない不安の心情が、天平びとのそれでもあった。いやそれを聖武だけの責任に帰するのは正しくない。聖武とて、不安な世情の中のひとりだったのだし、都が奈良へ戻ったその年に、越中守として赴任していった家持も、鋭敏にそれを感じるひとりであった。

東大寺の大仏の前で「三宝の奴」と称した聖武は天平勝宝元年（七四九）、位を娘の皇太子、阿倍内親王にゆずる。孝謙天皇である。そしてこれと同時に力を政局に示しはじめて来るのが、藤原仲麻呂であった。勝宝四年（七五二）の大仏開眼供養の日も、孝謙は仲麻呂の私邸を御座所とするほどで、仲麻呂は兄の豊成をもしりぞけて、

実質的な台閣第一の実力者にのし上がっていった。

形式的な左大臣橘諸兄には、もはや何の力もない。勝宝八年（七五六）諸兄は官を辞し、三か月後には聖武も崩御する。大伴古慈悲《こしび》が密告によって解任され、家持が一族に自重をよびかける長歌を作ったのも、この年であった。

たはわざな為そ

諸兄は宝字元年（七五七）薨じた。そして前年皇太子になっていた道祖王《ふなど》（新田部皇子の子）が廃太子となり、かわって大炊王《おおい》（舎人皇子の子）が太子に立った。すべては孝謙を動かす仲麻呂のしたことだった。そして翌月には仲麻呂は紫微内相となる。紫微台（皇后宮職）の長官として、何事も思いのままになる地位を確立したのである。

これが人々の黙認を許すはずはない。諸兄の子奈良麻呂は道祖王を立てて仲麻呂打倒をはかる。しかし事は未然にもれて、奈良麻呂らは拷問《ごうもん》によって息たえた。万葉の歌人で、家持と歌の贈答を楽しんで来た大伴池主《いけぬし》も、このときに殺されたと思われる。ときの左大臣、兄の豊成までが大宰府に流され、翌年の人事では家持も因幡守に左遷された。「万葉集」には、この年十一月に宮廷で催された宴席の歌を載せている。

いざ子どもたはわざな為《せ》そ天地の固めし国ぞ大和島根は

藤原仲麻呂（巻二十、四四八七）

皆々よ、狂《たわ》けた事をするな、この日本は天地によって固く守られているのだ。仲麻呂はそう、傲然とつぶやいたのだった。「たはわざな為そ」――この、いささか気違いじみたことばの中に、狂ったこの時代の様子が、ありありと見てとれるだろう。

この仲麻呂の意のままに、大炊王は宝字二年（七五八）に即位、淳仁《じゅんにん》天皇となる。家持の最後の歌は、この翌年正月に歌われたわけである。

しかし先にも述べたように、作歌事情のわからない歌は、これ以後に作られたものがあるかもしれない。もう少し、この狂った時代の行方をたどっておこう。仲麻呂は恵美押勝《えみのおしかつ》と名を賜わり、太師（太政大臣）にまでのし上がっていくが、淳仁と先帝孝謙との対立の中に、思わぬ陥し穴が口をあけていた。この対立の中でついに孝謙にそむいた押勝は宝字八年（七六四）に反乱、近江に追いつめられて敗死した。押勝は塩焼王をかついで天皇としようとしたのだが、王も運命をともにする。王は道祖王と兄弟で、後にその子氷上川継《ひかみのかわつぐ》は、やはり謀反のかどで流罪になっている（天応二年、七八二）。暗い運命につきまとわれた一族であった。

押勝をしりぞけた孝謙先帝は、ふたたび位について称徳天皇と称した。押勝によって大宰府に左遷されていた豊成が復活して右大臣、そして禅師として僧の道鏡も重用された。淳仁は母とともに淡路島に流され、翌天平神護元年（七六五）に憤悶のあまりに崩じた。家持はこの事件のときは薩摩守であった。これまた不遇な赴任である。

押勝なき後の、汚れた立役者は道鏡であった。神護二年（七六六）にはついに法王となり、専横ぶりは人々の目にあまるものがあり、あえて、宇佐八幡宮の神託を奏上した和気清麻呂は、道鏡の怒りにふれて大隅に流されたりした。

しかし称徳女帝が崩ずると、道鏡の余命はなかった。宝亀元年（七七〇）、女帝崩後、その陵に侍宿《とのい》しつづける道鏡は下野国に流されて生涯をとじた。志貴皇子の子、白壁王が即位、光仁天皇となった。

ここに積年の混乱はやっとおさまり、一応の平穏が人々の上にあたえられるようになった。光仁の宝亀年間は、そうした奈良朝の狂乱の収拾された時代であり、長らく不遇だった家持も、やっと宝亀十一年（七八〇）には中央朝廷に戻って参議となった。その後もまったく平穏だというのではないが、この志貴系天皇の下に、「万葉集」も編集整備される機運をもつことができたのだった。

光仁天皇は即位したときに、六十二歳であった。称徳朝の混乱を収めるのは、時に大納言、正三位のこの老皇子しかないというのが、藤原百川《ももかわ》らの意見で、左大臣の藤原永手らを動かして強引に実現したのが、この即位だったようである。

だから光仁の役目は政治を正しい軌道にのせることであり、その実現のあかつきには、次の天子に座をゆずることは、最初から彼の胸中にあったことだろう。天応元年（七八一）に、その子の桓武天皇が立った。桓武とて、時に四十五歳だったが、彼の政治的課題は、父の政局収拾についで、新しい政治を出発させることにあり、三年後、彼は都を長岡にうつし、ついで延暦十三年（七九四）、平安京が出現した。この大都城の出現によって、ついに平城京は「ふるさと」となった。

新たなる漢風文化のかげに、「ふるさと」の和歌は、「万葉集」として、歴史の中に身をゆだねることになったのだった。

繚乱の詩人たち

熟田津に船乗りせむと

「万葉集」が多くの共同体の人々に歌われた歌集であったにしても、傑出した歌人もまた多い。ことに百年以上にわたる時代の推移の中で、彼らの歌は多様でもあった。

その豪華な詩人たちの中で、まず第一にあげるべきは、額田王《ぬかだのおおきみ》であろう。皇極朝（六四二―）から歌を見せはじめ持統朝（六八七―）まで作歌している、大変長い活躍を見せる女性である。

皇太子時代の天武天皇から愛されて生んだ十市《とおち》皇女は、弘文天皇の妃《きさき》となり、葛《かど》野《の》王をもうける。だから先の章であげた壬申の乱は、夫と娘婿との戦であり、天智天皇からも愛されたとすれば、それは前夫と次の夫の遺児との争いであった。この運命の悲劇性と、両帝から愛されたという境遇、そして歌に見られる才女ぶりなどによって、額田は長く人々をひきつけて来た。いつか美女だということにもなっている。どこにもそういう文献はないのだが、才女はそれなりの輝きを持って、美しかったろうと、私も思う。

当時、初期万葉のころは、まだ歌は儀礼に奉仕する役目を濃く持っていて、王の歌もそれが多い。

熟田津《にきたづ》に船乗りせむと月待てば潮《しほ》もかなひぬ今は漕ぎ出でな

額田王（巻一、八）

斉明七年（六六一）、百済救援のために朝廷は天皇を奉じて西下、岡山県の大伯《おおく》の港に寄り、伊予松山の道後温泉に船どまりして、大船団が筑紫に向かった。この歌は、その松山の熟田津を出航する時の歌である。月の満ちるのを待ち、潮の高まるのを得て出航していくわけで、いまは船出すべき時だ、さあ漕ぎ出そうという歌である。夜の海上に満月がかかる、潮も豊かに波うっている、すべてが絶頂に達した瞬間であって、全船団に向かって「今は漕ぎ出でな」というたくましい声が発せられる。時に、国運を賭《と》して朝鮮半島の戦場に赴こうとしている途上であった。

この緊張したしらべは、託宣のひびきにも似ておごそかであろう。そのとおりに、これは斉明女帝の立場で歌われたものであり、かつ出航をうらなった一首だった。古くは「女軍《めいくさ》」というものがあった。兵力として戦う男性軍に対して、つねに神意をうかがいながらこれを指揮する集団のことである。この伝統に立って、王は右の歌を口ずさんだのだった。

初期万葉には女歌が多い。それは一つには残された歌が公的な儀礼歌にかたよっているからであり、それには、神と人間との中に立って〝ことば〟を伝えるのに女性があたるという伝統があったからである。王もその流れにいた。だから天智天皇がなくなった時にも挽歌を作り、近江に都移りした時に、大和の中心の神である三輪山に別れをつげる歌をよんだりしたのだった。

この〝ことば〟の女は即興の歌をよむ役目も持っていた。近江朝のある日、宮廷では春と秋の情趣の優劣が語られ、それにともなって中国の古典なども披露されたと思われる。本来これは中国で好まれた優劣論である。その時、王は和歌によって答えた。

冬ごもり　春さり来《く》れば　鳴かざりし　鳥も来鳴きぬ　咲かざりし　花も咲けれど　山を茂《も》み　入りても取らず　草深み　取りても見ず　秋山の　木の葉を見ては　黄葉《もみち》をば　取りてぞ思《しの》ふ　青きをば　置きてぞ歎く　そこし恨めし　秋山我は

額田王（巻一、一六）

春は鳥も鳴き花も咲いてよい、しかし繁茂している山の草の中に、花を取ることはできない。一方、秋は美しく色づいた葉を賞美し、青い葉を下に置いて嘆く。そこが恨めしい、だから、秋山がよい、私は、と歌った。すべて黄葉しているからよいというのは平凡にすぎる。黄葉に青をまじえ、喜びと嘆きとの交錯することこそよいのだという王の非凡さを、この歌に隠すことはできない。王とは、そういう詩人であった。したがって、作歌を要請されたからといって、機知にとんだ、おざなりの歌をよんだのではない。つねに豊かな詩情にあふれ、うるおっていた。少女の日に宿った宇治の仮廬《かりいお》の回想にも、薄が白銀の穂をゆらす光景がよまれたし、吉野に鳴く古《いにしえ》に恋うる鳥にも、天武への慕情がこめられていた。有名な、

君待つとわが恋ひをればわが宿の簾《すだれ》動かし秋の風吹く

額田王（巻四、四八八）

も、中国の恋愛詩（情詩）をまねて、「天智天皇を恋うる歌」を作ったものと思われるが、でき上がったものは、作りものではない。

詩の出発、それが他を引きはなして王の歌には感じられるのだ。額田の父は鏡王、彼らは近江湖畔鏡の里の、いわゆる「帰化人」らしい。和歌の古来の呪的な性格を詩に転換させていったものは、この血だったのであろう。

夕浪千鳥

「壬申《じんしん》の乱」によって出現した白鳳《はくほう》時代――天武・持統の朝廷には、多くの宮廷歌人が出現した。儀礼の折りにふれ、日常の事あるごとに、また天皇の行幸にしたがって、歌を要請されるのが、彼らであった。だから、その格好は、ちょうど前代の〝ことばの女〟を引きつぐ形である。

その中でも、もっとも傑出した歌人は、いうまでもなく柿本人麻呂である。彼は白鳳の後期に活躍する。時あたかも天武が世を去り、持統が壬申の乱の余波の中に政治を進めていた時期であり、日一日と乱が昔日となる推移の中で、持統には、乱の記憶の緊密な持統が必要だった。人麻呂は、この持統政治の基本に身をひたして、諸皇子の挽歌を歌い、天皇をたたえた。

東《ひむがし》の野にかぎろひの立つ見えてかへり見すれば月かたぶきぬ

柿本人麻呂（巻一、四八）

有名なこの一首は、後の文武天皇（当時軽皇子）にお伴をして安騎野（奈良県大宇陀町）に狩猟に出かけた夜、野営の朝があけはじめようとした風景を歌ったものである。人麻呂は長歌一篇を歌い、添えて短歌四首をよんだ。その第三首目である。長歌ではかつてここを訪れた草壁皇子を回想する。草壁は文武の父、持統の期待もむなしく天逝《ようせい》したことは、先の章で述べた。人麻呂は、この草壁にも身近に仕える舎人《とねり》であったらしい。この皇子を失った痛恨が、いまよみがえる。右の、東の方にあけぼのの光芒《こうぼう》をのぞみ、西に残月をのぞむ歌は、そうした回想の冷たさを背負いこんだ一首なのである。

人麻呂の歌には、忘れがたく過去がある。

淡海《あふみ》の海夕浪千鳥汝《な》が鳴けば心もしのに古《いにしへ》思ほゆ

柿本人麻呂（巻三、二六六）

人々のあまりにもよく知るこの歌も、近江の都の荒廃を嘆く目に映じた、薄暮の琵琶湖の光景である。人麻呂には、これと一連をなすと思われる、「近江荒都を過ぐる時の歌」があり、近江から上って来る時の、宇治川のほとりでよんだ短歌もある。暮れてゆく湖上、浪にまぎれつつ鳴く千鳥、それらによって人麻呂の古への回想は、心もしなえるように、胸をひたした。神たる天皇の都が荒れるなどということは、あってはならないのである。そうした心によってこそ、反対に、全力的な天皇讃美の歌も歌われえただろう。

これら宮廷関係の歌は長歌に多いが、一方、彼は愛の歌人でもあって、香具山のほとりに死者を見ては、故郷や家人の待っていることをすぐれた短歌の中に歌い、妻との生別や死別を長歌に歌っている。また、先の「淡海の海」の歌が旅の歌だったように、瀬戸内海舟航の短歌にも、すぐれたものがある。最後にどこで命果てたかは不明だが、石見の国（島根県）かとも考えられ、彼が生前死者をいとしんだのと同じように、大和を離れた客死であった。

宮廷歌人の役目は、人麻呂のように公の儀式に歌をたてまつるだけではない。日常や旅先で即興の歌を作ることにもあった。その面にもっとも才能を示した宮廷歌人は長意吉麻呂《ながのおきまろ》であった。

大宮の内まで聞こゆ網引《あびき》すと網子《あご》ととのふる海人《あま》の呼び声

長意吉麻呂（巻三、二三八）

これはおそらく持統天皇の行幸にしたがった歌であろう。場所は紀の国か難波か、はたまた東国のどこか、海浜近い宮の中まで、海べで網を引く漁師たちの声が聞こえて来る。さあ網引だ、網を引く者たちよ集まって来い、そういう長《おさ》の声が海べにひびく。さわやかに大らかな歌は、第三句以下の句の頭を全部「あ」でそろえ、しかも上の句もすべて母音（ア行音）で統一した、快いリズムを持っている。意吉麻呂は即興の戯れの歌も作っていて、人麻呂とはまた別の宮廷歌の一面を代表する歌人であった。
もうひとり、同じく旅の歌を作っても、高市黒人《たけちのくろひと》には、孤愁の影が濃い。

旅にしてもの恋《こほ》しきに山下の赤《あけ》のそほ舟沖に漕ぐ見ゆ

高市黒人（巻三、二七〇）

ただでさえ何かと物恋しい旅愁を、いっそう深めたものは、赤土を塗った舟の姿であった。「沖に漕ぐ見ゆ」、点景として移動する赤を、黒人はじっと見ていた。肉体を離れて、あこがれゆく魂、そういったものを黒人の歌は感じさせる。彼らにとって、旅とはそのようなものであった。

何処より来りしものぞ

この黒人の中に芽ばえていた孤独は、明らかな形はまだとっていないけれども、人間としての悲しみであった。その人間である悲しみを、黒人のように旅ではなくて、人間社会のただ中に感じていたのが、山上憶良《やまのうえのおくら》という詩人だった。

憶良はふつう人麻呂と同世代の人間と思われている。しかし人麻呂生存中には一首しか歌を作っておらず、世に憶良の作として著名なものは、多くが神亀五年（七二八）以後、彼が六十九歳以降の作である。作の内容も人麻呂と非常にちがう。

いや、人麻呂ばかりではなく、彼はほかの万葉歌人の誰とも異質である。それを、私は彼がいわゆる帰化人だからだろうと考えて来た。先にも記した天智二年（六六三）の百済《くだら》滅亡によって、多くの百済の要人たちが日本に亡命して来た。そのひとり憶仁《おくに》という医師が彼の父で、憶良はこのとき、四歳で父にともなわれて来たのだろうと思う。そして四十二歳のとき、遣唐使の書記官である小録《しょうろく》を拝命、唐にわたった。この出生や生涯によって、彼は漢学に秀で、聖武の皇太子時代に、その学問の師のひとりであった。

しかし、彼の詩の輝きは神亀五年に上官の大伴旅人の妻が死に、その衝動が老の身をおそってからで、以後十年の間に、彼は不朽の人間詩を残した。世の無常、人間に

おける愛、それが彼の主題で、老醜ということを長歌の一節で、

……手束杖《たづかづゑ》　腰に束《たが》ねて　か行けば　人に厭《いと》はえ　かく行けば　人に悪《にく》まえ……

山上憶良（巻五、八〇四）

と歌っている。この冷酷なリアリズムは、人の心に鋭くつきささって来てやまない。また人間はなぜ子や親を愛《いと》しいと思うのか、考えてみれば、それはまるでとりもちにかかった鳥のように、煩わしいことだと歌い、その人間の愛のふしぎな因縁を、

瓜食《は》めば　子等《ども》思ほゆ　栗食《は》めば　まして思《しの》はゆ　何処《いづく》より　来りしものぞ　眼《ま》交《かひ》に　もとな懸《かか》りて　安眠《やすい》し寝《な》さぬ

山上憶良（巻五、八〇二）

といぶかしんでいる。瓜、栗を口にするごとに、それを好む子どものことを考えてしまう親というものの愛。夜は夜で子の姿が目の前にちらついて安らかに寝に入ること

もできない愛。一体、親と子というこの因縁はどこからやって来るのか、と歌うのである。

無常のゆえに世を捨てたいと願いながら、それをさえぎる愛、それをついに解脱《げだつ》しえぬままに七十四歳で生をおえたのが憶良だった。

このように憶良を襲った、旅人の妻の死は、旅人自身にとっては、もっと深刻だったにちがいない。そのとおりに、旅人はこのとき次のような歌をよんでいる。

世の中は空しきものと知る時しいよよますます悲しかりけり

大伴旅人（巻五、七九三）

「世の中は空し」というのは、仏教でいう「世間虚仮《こけ》」だとされている。旅人はそれを前から知っていたのだが、いま、妻の死によって真実に知ったのだった。その衝迫の中で、いよよ、ますます悲しい。うすい霧の流れみなぎるようなこの哀愁は、どこにも飾りや偽りがない。

旅人は古くから天皇家とともに栄えた一族、大伴氏の長であったが、このころは藤原氏に次第に圧迫され、六十四歳という高齢の身で、はるばる大宰の帥《そち》として赴任していた。政治的不遇、遠い辺境、老齢、そして妻の死（しかもこの妻はうら若い後妻であったらしい）という条件の中で、旅人は以後も亡妻の悲歌を歌いつづけるが、半面、川のほとりに神仙の少女を幻想したり、酒をほめる十三首の歌を作ったりしている。

幻想歌や讃酒歌は妻を失った悲しみがいかに大きかったかを、裏側からときあかす歌であるが、しかして彼は、ついに慟哭や絶叫におちいらない。憶良のように暗い深淵におのれを閉ざすということはなかったし、深く世のことわりに沈潜するということもなかった。長者の風格なのであろう、右の歌にもよく示されているように、透明な感性の中に、悲傷するだけであった。

沫雪《あわゆき》のほどろほどろに降り敷けば奈良の都し思ほゆるかも

大伴旅人（巻八、一六三九）

解けやすい沫雪が、まだらに降りつもると、望郷の念は高まる。この念願かなって帰京した旅人は、ほぼ半年ののちに六十七歳で世を去っている。天平三年（七三一）のことであった。

朝雲に鶴は乱れ

憶良や旅人が歌をよんだ八世紀の前半の時代、天平初年までのほぼ三十年あまりは、ほかにも多くの歌人たちが、さまざまに詩歌の花を咲かせた時代であった。人麻呂にあっては、時代の精神を体現することに唯一の彼のよりどころがあって、それといかに深く交響したかに、彼の詩のすぐれた点があったが、対してこの時代の詩人たちは、いかに独自の風をなすかに、優劣を決定するものがあった。個性開花の時代が、八世紀初頭であった。

この中にあって、山部赤人は、整然と構図化された、緻密な作品を多く残した。彼も人麻呂の伝統をつぐ宮廷歌人で、吉野その他の行幸にしたがって長歌を作るほか、旅の長歌もよみ、奈良遷都によって「故郷」となった明日香では、次のような一節を持つ長歌を作っている。

……山高み　河とほ白し　春の日は　山し見がほし　秋の夜は　河し清《さや》けし　朝雲に　鶴《たづ》は乱れ　夕霧に　蝦《かはづ》は騒く……

山部赤人（巻三、三二四）

しかし彼は人麻呂より、よりいっそう短歌にすぐれたものを残していて、世にもてはやされる短歌は、人麻呂以上のものもある。

田児《たご》の浦ゆうち出でて見れば真白にぞ富士の高嶺に雪は降りける

山部赤人（巻三、三一八）

少し変えられたものが「新古今集」にとられていて、「小倉百人一首」にもはいっているので有名な一首だが、富士の長歌の反歌である。目の前に躍り出た富士の山をおおう白銀、「真白にぞ」には美の発見が、荘厳なるものへの畏怖とともに存在する。聖なるものに美を発見することから、赤人の歌は独自の世界を切り拓いていった。

赤人と同時代の歌人に、笠金村《かさのかなむら》がいる。彼もまた宮廷の行事に際して歌をよみ、赤人同様養老・神亀のころ（七二〇年代）に吉野や紀の国での歌を残しているが、赤人よりやや年長らしく、少し作歌時期が早い。

赤人の行幸にしたがった歌が美しく自然の景物をのべたのに対して、金村はより多く主情的に従駕の官人の心をよむ。その点にも共通しつつ、彼の最大の傑作は、霊亀元年（七一五）に薨じた志貴皇子にたてまつった挽歌であろう。志貴はいまも高円山の山ふところに静かに葬られているが、高円山の春の野焼きかと疑われるまでに燃えさかる火を、道来る人に「いかに」と尋ねると、

……玉桙の　道来る人の　泣く涙　霈霂《こさめ》に降れば　白妙の　衣濡《ひづ》ちて　立ち留り
我に語らく

その人はこさめのように流す涙に白い葬りの衣を濡らしながら私にいうことには、

何しかも　もとな言へる　聞けば　音《ね》のみし泣かゆ　語れば　心ぞ痛き　天皇《すめろぎ》の
神の御子の　御幸《いでまし》の　手火の光ぞ　ここだ照りたる

笠金村（巻二、二三〇）

「どうしてそのような事を聞くのか。聞かれただけでも泣かれ、語ろうとすると胸が痛む。あれは志貴皇子の死出を送る手火の光が燃えさかっているのだ」と答えた、と歌う。立体的に登場人物を設定し、手に手に死者を送る手火の輝きの激しさをクローズアップした傑作である。ただならぬけはいも死の厳粛さを象徴するものだ。

志貴は高円に萩の花を愛して住んだ。死後その邸宅を寺にしたのがいまの白毫寺《びやくごう》だという。その邸宅の萩がいま主《あるじ》を失って空しく咲いては散っているだろうかと、金村は反歌をよんでいる。皇子の死は晩秋、陰暦の九月であった。

ただひとりい渡らす子は

もうひとり、高橋虫麻呂は同じ天平初年に生きて、大変に特異な歌を作っている。彼は世に伝説家人と呼ばれるように、浦島伝説や葦屋（兵庫県）の菟原処女《うないおとめ》、葛飾（千葉県）の真間の手児奈《てこな》ら美女の伝説をよんでいるが、これはたまたま題材が伝説であったにすぎず、要するに彼は夢みる詩人であった。空想の中に物語を思い描き、その中に現実をすりかえることによって、みたされぬ心を慰めようとした詩人だった。彼の歌には「憂ひ」ということばが出て来る。憂愁の産物が空想世界の歌であった。

虫麻呂は東国の農民として生まれたのではないかと思われるふしがある。上総か下総か、折りしも東国全体の管轄を兼務として常陸の国（茨城県）に藤原宇合が赴任し、その才能を認められて配下に加えられたとも考えられるのである。

希望に胸ふくらませたのが高橋虫麻呂であったろうか。しかし官途の現実はきびしい。年とともに影をましてゆく憂愁の中に、自らをしばし忘れさせるものが、彼の歌の、空想の世界だった。彼の歌の中には、愚かな人間がよく登場する。浦島とて、玉匣《くしげ》を開けなければ不老不死の世界にいられたのに、彼は国へ戻り、匣をあけてしまう。末の珠名という女性は、おのが美貌にかまけて、男がいい寄って来ると夜中でもたわむれ遊んだ。男も女も、愚かなのであった。しかしてこの愚かさを、「世の」愚かさといっている。現実社会の中にある身の愚かさ、これは自嘲の自画像にほかならない。

それにしても、彼の空想世界は、華やかに美しい。眼前にはただ橋があるだけだのによんだといわれる次の歌は、虫麻呂のすべてを象徴しているようにも思われる。

級照《しな》る　片足羽川《かたしはがは》の　さ丹塗《に》の　大橋の上ゆ　紅の　赤裳裾びき　山藍もち　摺《す》れる衣着《きぬ》て　ただひとり　い渡らす子は　若草の　夫《つま》かあるらむ　橿《かし》の実の　ひとりか寝《ぬ》らむ　問はまくの　欲《ほ》しき吾妹が　家の知らなく

高橋虫麻呂（巻九、一七四二）

この華麗な色彩、ひとりの女性に寄せる慕情、それが自らいう「世」の愚かさだとは十分知りながら、なおこうした風景を空想しないではいられなかったところに、人間虫麻呂の孤独な憂いがあった。

虫麻呂の歌がいつ作られたかについては、天平四年（七三二）前後ということしかわからないが、これより十年ていどおくれて生存した歌人に、田辺福麻呂《たなべのさきまろ》がある。先に少しふれたように、天平十二年から十七年までの間は都が奈良から久邇《くに》、紫香楽《しらがき》、難波とめまぐるしく往復した時期で、福麻呂はそのつど新都讃美や荒都悲傷の歌を作る。その点で人麻呂から金村・赤人と流れて来た宮廷歌の伝統をせおった歌人であった。この歌人の伝統にふさわしく、位も低くて、天平二十年には造酒司《みきのつかさ》の書記官であった。位でいうと大初位《そい》下という下級官人である。そしてまた、彼は時の左大臣橘諸兄《もろえ》の使者として越中に家持を訪れているから、諸兄とも親しかったらしい。赤人は藤原不比等、虫麻呂は藤原宇合とそれぞれ関係があり、このあり方も、同じである。石上乙麻呂と金村もこれに準じている。天平のころ、和歌というものは、どうやらこのように大官にしたがった下級官人の中に伝統が保たれていたらしい。人麻呂の中にあったものを舎人《とねり》の精神とすれば、これらは舎人的なものだと、私はかつて考えたことがあった。先の章で荒廃の歌を記したので、ここには久邇京讃歌を書いておこう。

山高く川の瀬清し百代《ももよ》まで神しみ行かむ大宮どころ

田辺福麻呂（巻六、一〇五二）

福麻呂はほかに菟原処女の挽歌をよんだり、行路死者をよんだりしていて、素材的にも先の宮廷歌人たちと共通しているが、足柄の坂（箱根の山）で死人を見た歌は凄絶である。元来、行路死者を歌うのは死者の霊魂を鎮めるためであったが、「小垣内《をかきつ》の　麻を引き干し　妹なねが　作り着せけむ　白妙の　紐をも解かず」と歌い出された死者は、東国の農民で都へ力役にかり出された男だったらしい。妻の心をこめて織った麻の衣を着、愛の固めの紐もとかず、「一重結《ゆ》ふ　帯を三重結ひ　苦しきに仕へ奉りて　今だにも　国に罷りて　父母も　妻をも見むと　思ひつつ」、身の細るばかりの徭役《ようえき》をやっと果たして、家人の待つ故郷に向かったのだが、この足柄の坂に行き倒れ、

……和魂《にぎたま》の　衣寒らに　ぬばたまの　髪は乱れて　国問へど　国をも告《の》らず　家
問へど　家をも言はず　大夫《ますらを》の　行きの進《すすみ》に　此処に臥《こや》せる

田辺福麻呂（巻九、一八〇〇）

と歌う。肌寒い風に衣をさらして、髪も乱れてことばなく横たわる死者。この残酷な光景に、彼は、故郷はどこか、どの家の者か、と声をかけるのであった。

ひとりし思へば

以上のもろもろの歌人の伝統をうけついだのが大伴家持であったが、彼の歌の先達として、もうひとり、大伴坂上郎女がいた。

坂上郎女は旅人の妹だから家持の叔母にあたり、家持の妻、坂上大嬢の母でもあった。ほぼ八世紀とともに生まれ、十三歳ごろ晩年の穂積皇子と結婚、皇子の死後は若き藤原麻呂との恋もみのらず、先妻の娘が一人あった大伴宿奈麻呂の後妻となって二人の娘を生んだ。やがて宿奈麻呂も死に、二十代の後半にはもう未亡人となったようである。兄旅人のいる大宰府に下り、転任とともに帰京した。その後は聖武のもとに命婦《みょうぶ》として仕えたかとも想像される。

この経歴には、あまりにも不幸な愛が目立つが、後年、郎女が架空の恋歌を多く作ることの、いたましい原因もここにあったと思われる。また曲折の多い生涯は、多方面からの歌の蒐集を容易にしただろう。家持の手元に「万葉集」の歌の集まる一段階前に、多くの歌が郎女のもとにあった形跡がある。

それは、一面、彼女が和歌に熱心だったからでもあって、郎女はすべてで八十四首もの歌を作っている。これは人麻呂をもしのいで、家持につぐ、万葉歌人中二番目の作歌数である。家持はこの歌の好きな叔母の感化をうけつつ、成長していった。

月立ちてただ三日月の眉根かき日《け》長く恋ひし君に逢へるかも

坂上郎女（巻六、九九三）

天平五年（七三三）ごろと推定される歌で、次にあげる家持の三日月の歌と並んで作られたものと思われる。それと比較してほしいと思うが、三日月をよみながら、それは眉の形容になって消えてしまい、恋う日長き恋人にあったという恋歌になっている。当時、眉がかゆくなると恋人にあえるという俗信があった。

郎女の歌は、おおむねこうした恋歌や宴席の歌、贈答の歌で、末期万葉の姿を如実に示す歌人であった。

そこで大伴家持だが、養老一、二年（七一七、八）ごろ旅人の子として生まれ、延暦四年（七八五）に従三位中納言として薨ずる六十余年の生涯のうち、「万葉集」には四十二、三歳までの歌しか収められていない。

しかし総歌数四百七十九首という数は、ゆうに「万葉集」全体の一割を越え、その中に多くの秀歌のあることは、いうまでもない。もっとも初期のものはすでにあげたが、

ふりさけて三日月見れば一目見し人の眉引《まよびき》思ほゆるかも

大伴家持（巻六、九九四）

という天平五年（七三三）、十六、七歳の作は、あらゆる意味で家持の全生涯の歌を象徴すると思われる一首である。あの繊細な三日月、しかも空遠く目を放って見るというあえかさ、そこから家持は美しい女人の眉引を連想した。「眉引」とは、画き眉のことで、当時の一般的化粧法であった。ただ、坂上郎女の歌にもあったように、三日月を眉のたとえとするのは、漢籍の知識によって常識化していたことで、ここに家持独特の発想があるわけではない。

しかし、「一目見し」といわずにいられなかった家持の感受性は、彼の資質による

もので、このほのかさは、郎女が「日長く恋ひし君」というのと、まったく正反対の清冽《せいれつ》さを持っている。この清らかさと、三日月の繊細さと、そして女性を想いやる優美さとは、家持の歌の基本の三点だった。

その後の彼の青春時代は、多くの女性からの恋歌にとりまかれ、彼自身も多くの贈歌や返歌をしている。情熱的な笠女郎《かさのいらつめ》からは二十四首もの歌が来るが、所詮《しょせん》みのらぬ恋と諦めた家持は、そのよしの二首を返して、苦しみに堪える。紀女郎という人妻とは諧謔や皮肉、やりこめをこめて戯れの恋歌を贈答する。そして妻となるべき坂上大嬢とは、いとも生《き》まじめな恋歌のやりとりがある。

この甘美な青年時代に終止符を打ったのが、天平十八年（七四六）の越中守としての赴任で、以後勝宝三年（七五一）に少納言として帰京するまで、望郷の念と異土への驚きの中で、多くの和歌を作った。

立山《たちやま》の雪し消《く》らしも延槻《はひつき》の川の渡り瀬鐙《あぶみ》著《つ》かすも

大伴家持（巻十七、四〇二四）

雪解水《ゆきげみず》によって水量をました延槻川は、渡り瀬も馬の鐙まで浸るほどである。春が来たのだ。天平二十年（七四八）、三十歳の青年国司家持は、国内の春の巡行の途中であった。

その後、彼があれほど待ちのぞんでいた帰京は、かなえられてみると、都は不安なくもりをおびていた。先の章でみた仲麻呂台頭のころである。すでに恋の時代も遠ざかっている。帰京の翌々春、二月二十五日に、彼は一首の歌を作った。

うらうらに照れる春日に雲雀《ひばり》あがり心悲しもひとりし思へば

大伴家持（巻十九、四二九二）

上の句によまれている平和な風景は、中国の古典「詩経」の、兵役をおえて帰郷した男をまじえて農耕にいそしむ詩を思いやったもので、その実現を願って家持が時の宰相、橘諸兄に送った一首である。こんな平和も遠く、存在そのものの空無の思いに、いま家持はふれたのであろう。勝宝五年（七五三）、三十七、八歳であった。

その後、兵部少輔《しょう》として防人の歌などの収集に興味を示すが、右のような悲唱はもう聞かれない。むしろ都に帰ってからの家持の歌は、周囲の人々と宴会をしたり、歌をよみ合っては共感をお互いによせたりするような、いわゆる宴席歌に特色をしめしている。

その中には天皇の肆宴《とよのあかり》に加わったものもあり、これこそ越中時代にあこがれつづけた情景だったのだし、家持としては、むしろ心ゆくまでの満足感の中に作歌したことだろう。たとえば、勝宝四年（七五二）十一月に太上天皇である聖武をむかえた橘諸兄の家の肆宴では、「天地に足らはし照りてわが大君敷きませばかも楽しき小里」といった一首を作っている。聖武や諸兄とともに歌の座にあることは、前年までの彼にとって、雪深い越路における、いかばかりか熱い願いであったことか。しかもこの歌は「奏さず」とあり、心の中で作っただけのものだった。願望が口ばしらせた歌だったのである。

ということは、現実はこれほどみち足りていなかったことをもの語っていよう。勝宝八年、古慈悲解任事件にさいして一族の自重をうながす歌を作り、仏道にこころざす歌をうたいつつ、彼の宴席歌にも、きびしい冷たさがしのびよって来る。巻二十が大原今城によって記録されるところがあったろうとは先にも書いたが、因幡守として赴任する家持の餞別の宴を、今城が自宅でもよおしてくれた時、家持は「秋風のすゑ吹き靡く萩の花ともにかざさずあひか別れむ」という一首をよんだ。この上半句に見られる透徹したことばづかいに、私は彼の孤独を思わずのぞきみるような気がしてならない。例の「新しき」という「万葉集」の最終の歌を次に記しただけで、今城のノートはぽつんと切れ、以後の家持の歌は知られていない。

この宝字三年（七五九）より二十六年後、蝦夷を征討する大将軍として陸奥の多賀城にあって薨じた家持は、その直後に都で起こった藤原種継暗殺事件に加わっていたという罪で、朝廷の名簿からその名を除かれ、官位を剝奪され、葬儀をすることすら許されなかった。はるかのちに免罪になったとはいえ、あまりにもいたましい生の終焉であった。

豊かなる民衆

履はけわが背

すでに幾度もふれて来たように、千年の後に詩人の名をほしいままにしている万葉歌人は、「万葉集」を形づくる詩人の、ほんの一部にすぎない。彼らを高嶺の花とすれば、ひそやかな谷あいに、また幅広い裾野に、野の草の花は咲きみちて、広がっている。

その中で、もっとも新鮮な美しさに輝いているのは、東歌《あずまうた》とよばれる一群の歌であろう。すでに「わが恋はまさかも愛し」という歌を冒頭にあげたが、そのようにひたぶるな真情を彼らが歌いえたのは、彼らが、確実に生活の中から詩を歌いあげたからだ。

信濃道《しなのぢ》は今の墾道《はりみち》刈株《かりばね》に足踏ましなむ履《くつ》はけわが背

作者未詳（巻十四、三三九九）

東国をつらぬく二つの道、海ぞいの東海道に対して山の中の東山道は、美濃（岐阜県）、信濃（長野県）を経過して碓氷峠から下野をへて陸奥にいたる。その信濃の道の開墾は、多くの農民たちの力役によって行なわれたが、新しく開かれたばかりのその道は、方々に切り株がある。足を傷つけるだろうから履をはいてゆけと夫に呼びかける妻の歌である。夫は、衛士《えじ》という都の守護の役にかり出されてゆくのかもしれない。また単に夜も深いのに、愛する女のもとから帰ってゆくのかもしれない。実は、それをはっきり決めるということは、東歌にとってむしろ正しくないのである。彼らの歌は集団の場で、広く長く歌われた。そのさまざまな場に、より多く適応する歌が彼らの愛誦歌なのであって、勝手な解釈をわが身にひきつけていながら歌っても、何ら差しつかえないのだった。そこにこそ、彼らの深い共同体の共感があったのである。「履はけわが背」――当時の民衆は、はだしだった。履など、民衆には高価なもので、それを「はけ」と歌うところに、いじらしい愛があるし、愛する男を持つ女たちの願望がある。夢想の中で履をはいた男の姿は、それぞれの女の胸の中に、あざやかに現われて来るのだ。

夢想は人々を詩人にする。

稲春《つ》けばかがる吾《あ》が手を今宵もか殿の若子《わくご》がとりて歎かむ
作者未詳（巻十四、三四五九）

これも女の歌だが、「殿」とよばれる郡司か里長《さとおさ》（村長）の家で、稲を精白する仕事にかりだされている女たちの労働歌である。彼女たちは「殿」の家の若主人に見そめられる機会がある。それを空想して、今夜もわたしのあかぎれした手をとって、若殿さまは嘆くだろうか、と歌うのである。チャンスはあったとしても、そうなることはめったにない。ないけれどもなることを憧れて、自分を恋の主人公に仕立てながら、彼女たちは日がな一日、来る日も来る日も稲をつくのである。一面にあかぎれのした手で。

だから、東国の人々の歌はいかに夢みたとて、生活の現実を離れることはない。生活と夢とのはざまに、二つをゆき来しながら、彼らは歌をうたった。そのゆえに、東歌は貧しい現実をせおいながら、けっして暗くない。むしろたくましい命にあふれている。

彼らは、そのような歌を生活の折り折りに歌う。つねに歌の享受は、共同体の共感にささえられ、我も人もともに歌の作者であった。東歌は「万葉集」の中でも、かなり時代のさがったころに筆録されたものと思われるが、同じころ、都の大伴家持を襲っていたような「ひとり」の憂愁は、彼らになかった。

東歌の中には、「ひとり」という語が驚くほど少ない。ほとんどが恋の歌で、恋そのものが孤独な感情なのだから、これは巻十一や十二の民衆の恋歌にくらべて、大変な相違である。その数少ない「ひとり」の歌に、次のような一首がある。

おして否《いな》と稲は春《つ》かねど波の穂のいたぶらしもよ昨夜《きそ》ひとり寝て

作者未詳（巻十四、三三五五〇）

やや難解な歌だが、やはり稲舂きの労働歌で、稲舂きがしいて嫌だというわけではないが、心が激しく揺れて気のりがしない。なぜなら昨夜は男が来ないでひとり寝たからだ、という意味である。女同士、この欲求不満のイライラはよく通じ合ったのだろう。わい雑なニュアンスさえ感じさせるのが、東歌の「ひとり」であった。そしてそれを歌いあい、大声をあげて笑いあう。働く女のたくましさが、このように性愛をとりあげてみても、けっして歌を暗くすることはなかった。東歌は天然の詩である。

ま罵らる奴わし

このように歌を集団で歌うのは、東国にかぎったことではない。東歌は代表的だけれども、ほかの地方の民謡も、「万葉集」の中に見ることができる。中でも、次の能登(石川県)地方の歌は面白い。興味深く感じたのは家持も同様であって、この歌は彼が書きとめて帰京したものと思われる。

梯立《はしだて》の　熊来酒屋《くまきさかや》に　ま罵《ぬ》らる奴《やつこ》　わし
誘《さす》ひ立て　率《ゐ》て来なましを　ま罵らる奴　わし

作者未詳（巻十六、三八七九）

能登、熊来地方の民衆によって歌われたものだが、造酒所でどなられながら、のそのそと働いている奴よ、誘ってつれて来てしまいたいものを、どなられている奴よ、という歌である。最後に「わし」という囃《はや》しことばまでついている。

当時の文献には「奴婢《ぬひ》」と称せられる賤民が売買されていることが見え、この「奴」もそうした一人だったのだろう。律令制では「良民」「賤民」という身分制度をきめ、賤民を陵層、官層、家人、公奴婢、私奴婢の五種に分けて、五賤と称した。女の奴隷が「婢」である。良民と賤民は通婚が禁じられていたり、賤民になると孫子の代まで良民にはなれなかったり、身分制度はきびしかった。まるで牛か馬のように働かされる彼らは、金でしばられている以上「率て来なまし」と思ったところで、どうにもならない。ほんのちょっぴりの同情と、尊大にからから気持とのまざった歌だ。

しかし、歌は第三者の立場で歌っているが、実際に口ずさんでいるのは、「奴」集団自身ではないかと、私は思う。「率て来なまし」は切なる願望であり、それが実現しないで「ま罵ら」れる毎日への自虐めいた笑いが、この歌を口ずさませるのであろう。

こうした悲しい奴婢のいる北陸にも、祭礼の日が来る。「万葉集」では越中の歌として伝えるが、新潟の弥彦山の弥彦神社では、人々は次のような歌をうたった。

弥彦《いやひこ》神の麓に今日らもか鹿の伏すらむ皮服《ごろも》着て　角つきながら

作者未詳（巻十六、三八八四）

その祭礼には鹿踊りが行なわれたと見える。正倉院に残る文書によると、越前国では郡司が祭礼に出かけ、したたかに酒に酔って国庁の呼び出しをおこたっているから、ここでも主宰者は郡司だったであろう。国司が中央朝廷派遣の役人であるのに対して、古来の在地の豪族が郡司を世襲していた。村人との間に、この歴史的な連帯感を持って、彼は祭りを賑わわせ、ともに酒に酔いしれたことだろう。村人も総出で加わったにちがいない。

しかし歌は、祭礼の時だけ歌われたものではなさそうだ。皮服を着て角をつけながら寝ているだろうというのだから、祭礼の鹿踊りにかけて、日常、猟師たちは、今日もそうして鹿は伏しているだろうと、楽しがるのである。

しかもこれは、いわゆる仏足石歌体で、短歌の第五句を少しかえて、次に歌う形である。当然その間に手拍子や囃《はや》しがはいって、人々に歌いつづけられた歌だ。先の熊来の歌も旋頭歌で、三句ずつ歌いつがれた形である。民謡はこれらのように、人々の輪を流れめぐる歌である。

彼らの民謡は、物語的な内容を持つこともあった。


霰《あられ》降り吉志美《きしみ》が嶽を峻《さが》しみと草取り放ち妹が手を取る

作者未詳（巻三、三八五）

この歌を伝誦していたのは若宮年魚麻呂《あゆまろ》らしい。彼はほかにも歌を伝誦していて、さらにこの歌にそえて自作を一首加えているから、どうも歌を伝誦したり人々に披露したり、即興に歌を作ったりする芸人のような者であったらしい。各地を、歌を持ち歩く人間で、あの石上乙麻呂《いそのかみのおとまろ》配流の事件などということが起こると、すぐに歌の形でこれを語り歩いたりする。当時の報道機関のような、中世でいえば琵琶法師のような役目の人間である。

その場合には適宜、できあいの歌も応用される。右の歌も元来は、九州の杵島が嶽の歌であったのに、常陸まで流れ歌われている。そこでは「杵島曲《ぶり》」といっているから、一定の節まわしもあったようである。ところが、ここでは吉野の柘枝《つみのえ》伝説、吉野の漁師が川を流れて来た柘（山桑）の枝を拾ったところ、美女となり、それと結婚したという物語の中の一首になっている。この歌は「古事記」では女鳥《めとり》王物語の中にはいっているから、年魚麻呂の柘枝歌物語は、この著名な一首を組入れたものだったことがわかる。

各地の民衆は、こうした歌物語を聞き、享受しては楽しんだ。歌い伝える場は歌垣の折りだった。この歌も山がけわしいから草にすがる手を放して妹の手を握ったというので、男の実際にあわないのは、それを口実として女の手を握る楽しさを歌っているからである。そんな歌を「ヲコの者」（道化の者）が語り、村人が興ずるのである。東歌の中にも「真間の手児奈の歌物語」があった。短歌をつらねたものだったが、それを元にして作ったのが虫麻呂の真間の手児奈の長歌であった。

妹が庭にも清けかりけり

年魚麻呂のような人間の誦える歌を享受したのは、農村・漁村の人々だけではない。都の一般大衆も、そのような歌の享受者だった。先にも少しふれた乙麻呂物語は、まっ先に都の民衆によって享受されただろう。

こうした都の民衆の歌を基本として作られた、「万葉集」の作者名を記さない巻々には、彼らの飾らない実体がかえってよく現われていることは、すでに述べたとおりである。

春日山押して照らせるこの月は妹が庭にも清《さや》けかりけり

作者未詳（巻七、一〇七四）

作者がどのような人かはまったくわからないが、すでに都は奈良に移り、その朝廷につかえた一官人であろう。ふりあおぐ春日山には山一面を皎々《こうこう》たる月が照らしている。その月を見ると、想いは愛人のもとにとどく。その庭にも、さやかに輝いているであろう、と。月が妹を照らしているだろうとか、月を見ると妹のことが思われるとかと、一切直接には妹に関係しないところが、私には大変気に入っている歌だ。ただ「妹の庭にも清けかりけり」というだけである。白々とした月光に包まれているだろう妹の姿を想像する。妹も、もし心あらば同じく月光の庭を眺めていることだろう。

この間接性や一首に漂う清潔な流麗さは、すでに「みやび」の中にあった奈良朝の官人の抒情を示しているが、このように優美にひそやかな生活を楽しんだのが、都の民衆であった。

また、彼らに新鮮な感動をあたえたものが、旅であった。旅は都を離れる苦しさや寂しさにもみちていたが、その沈んだ気持の中に、異土の風景は、かえってはっきりと姿を見せた。

名児《なご》の海を朝漕ぎ来れば海中《わたなか》に鹿子《かこ》ぞ鳴くなるあはれその鹿子

作者未詳（巻七、一四一七）

この官人は船に乗って任地へおもむいたのだろう、目ざすは西国か四国か、住吉の港を出たのは早朝だったが、海を泳ぐ鹿の鳴く声を聞いた。本州から淡路島へ鹿の渡った記事は「風土記」や「日本書紀」にも見られる。はじめてその姿を目にした驚きと、鹿鳴にかき立てられた旅愁とが、この一首を流れている。

これは巻七の巻末に添えられた一首だが、巻七には旅の歌が非常に多い。そしてその中にはあの高市黒人の歌に類似するものも少なくない。この歌も黒人の歌と共通する旅の悲しみがみちていて、まさるとも劣らない秀歌であろう。

悲しみは旅ばかりではない。人の死に際した挽歌も無名歌の中におさめられていて、こちらは人麻呂の挽歌と、ことばを共通させるものがある。旅の詩人として黒人のように、挽歌詩人として人麻呂のように、人々から称讃されずとも、彼らはひっそりとそれぞれの思いを述べた。

玉梓《たまづさ》の妹は玉かもあしひきの清き山べに播けば散りぬる

作者未詳（巻七、一四一五）

すでに火葬は八世紀のはじめからはじまり、土葬による殯《もがり》の行事は、次第に衰えていった。死後一定期間の鎮魂をして本格的に葬るのが殯である。人麻呂のたてまつった挽歌は、この儀礼にともなうものが多い。

火葬は形を失わせる残酷な葬儀だが、それでも人々は散骨して、それを玉かと思った。この歌にはちがって伝えられた形があって、その歌では「花かも」とあり、最後も「播けば失せぬる」となっている。滅びゆく花のごとく思いつつ、なお散らばる玉とも思って死に堪えようとした心を、まざまざと示しているだろう。骨を玉と見ることは、愛なくしては不可能のことだ。

そしてこのやさしい抒情精神は、先にあげた二つの歌にも共通するだろう。奈良朝の無名の官人たちは、こうしたやさしい歌に、ひそやかにわが心を託したのだった。

これは巻十になると、いっそう優美になる。

この頃の秋の朝けに霧がくり妻呼ぶ鹿の声の遥けさ

作者未詳（巻十、二一四一）

という秋霧の中の鹿鳴は、もう平安朝的な優雅さを湛えていよう。無名詩人の歌である。

早も死なぬか

後にもふれたいと思うが、天武天皇の皇子、高市皇子は十市《とおち》皇女に恋をし、高市皇子の妃、但馬皇女は穂積皇子に恋をした。それらはいずれも大恋愛事件として歌が世に喧伝されたが、名もなき民衆の歌も、そのようにもてはやされずとも、多く恋の歌であった。本来、和歌が恋歌たる要素を持つことにもよって、末期万葉の歌は、恋歌の洪水になる。「古今集」の序文で紀貫之たちは、これを歌の堕落として嘆いているが、それら審美家の嗜好をよそに、恋の民衆たちは、おびただしい歌に哀歓を託した。

中には激しい歌もある。

愛《うつく》しとわが思ふ妹は早も死なぬか
生けりとも吾に寄るべしと人の言はなくに

作者未詳（巻十一、二三五五）

いとしいあの女は早く死なないかなあ、という物騒な歌である。しかし当世風に複雑な思惑がからみ合っているわけではない。生きていたって私に靡いてくれると誰もいわないから、である。深刻にいえば愛する者が存在することこそ苦しみなのだという哲学的な説明になるし、民俗的にいえば「人」とは人の口をかりた神の意志で、「寄る」といわれない以上望みがないのだという解釈になるだろうが、実はもっと単純に、そう思うまでの話であろう。恋の語りは愚痴になりやすい。これもそれをいくらも出ていないと思う。

しかし、だからこそよいではないか。そうした捨てばちな愚痴をこぼしながら、やはり思い切れないでいる男は、いかにも人間らしく愚かではないか。「死ぬ」ということばは、この都の庶民と思われる無名歌人の恋歌の、トレードマークのようである。

恋するに死にするものにあらませばわが身は千度《ちたび》死にかへらまし

作者未詳（巻十一、二三九〇）

恋して死ぬというものなら、わたしは千度恋い死ぬだろう、それほど深く恋しているという歌で、いかにも天平の都びとに愛されたような大げさな表現だが、「ものにあらませば」といっているところ、このことばが一般に通行していたことを示している。そしてこれは自分の方が死ぬので、先の歌とはちがう。この方が一般なのである。

先の歌と同じく右の歌も男の歌だろうと思う。というのは、「女が自分の家の前を通りすぎていく、あれは恋に死ぬというのか」といった歌、「恋のあまり朝日の中の影法師のように身が痩《や》せた」という歌等々、恋に悩む男の歌が多いからだ。天平時代の太平は軟弱な男子を氾濫させた。男性の女性化とは、何やらいつかの時代と風潮が似ているようだが、あるいは恋心というのは、そういうものかもしれない。そのあたりの機微に、私はまだよく通じていない。

最初の歌は人がいわないというものだったが、反対に人のうわさにさまたげられて逢うことができないと嘆く歌も多い。むしろその方がふつうで、「人言《ひとごと》」を彼らは非常に気にしている。

人の見て言とがめせぬ夢にわれ今宵到らむ宿さすなゆめ

作者未詳（巻十二、二九一二）

人言のうるさくない夢の中で逢おう。今夜は夢の中におとずれるから、家に鍵をかけるな、という歌である。もちろん今日とちがって、夢の神秘性が信じられていた時代である。厳粛な気持でよんでいるわけで、だから恋歌の中に夢はきわめて多く登場する。深く相手を思えば、相手の夢の中に現われるというのが、当時の一般の考え方だった。思って寝ると、相手が出て来てくれるという精神主義ではなくて、強く求める魂がわが身を離れて、求めるものの許へゆくのである。右の歌にもそうした男の自信があるのだろう。それにしても人言を排して敢然と恋にいどまないのがこの男だが、もう一首男の歌をあげよう。

吾妹子《わぎもこ》に恋ひ術なかり胸を熱み朝戸あくれば見ゆる霧かも

作者未詳（巻十二、三〇三四）

一夜を恋い明かして早く目ざめ、戸をあけると一面の霧であった、という優美な歌である。霧の景色が有効に恋のいぶせさを語っていて、きれいな歌だが、第一句は「わが背子」の誤りで、女性の歌ではないかと疑わせるほど、やさしい男性である。恋はすべての心をやさしくするのであろう。

これらやさしい恋の抒情も、無名歌群のもつ美しさである。

み空ゆく月の光に

ここで無名歌人といっているのは、必ずしも「万葉集」に名をとどめない歌の作者というだけではない。しかるべき地位をもって宮廷社会にあった人々に対する、下級官人や都の民衆、地方の村落の人々のことだが、その中にふくまれる一群の女性として、「娘子《おとめ》」とよばれる人々がいた。さきほどから何人か登場した「郎女《いらつめ》」とよばれる女性は、高貴な身分で、これは敬称である。そうよばれない、単に「若い女」という女性たちが「娘子」であった。

「万葉集」の中には、ただ「娘子」とだけ記されて、固有名詞すら書かれない者もいて、その点からも底辺の存在だったことが知られるが、末期万葉の歌人たちは、それらの娘子と歌の贈答をしている。当時の「娘子」の第一は、これら都の娘子たちであった。

み空ゆく月の光にただ一目あひ見し人の夢にし見ゆる

安都扉娘子《あとのとびらのをとめ》（巻四、七一〇）

安都氏の娘子で、扉娘子が呼び名だったのだろうか、「み空ゆく」がローマン的で、その上に月光の中で見たといい、「一目」という。おまけにその面影が夢の中に現われて来たと歌っていて、美しい歌である。

彼女たちの歌は、このようにおおむねすぐれている。しかも河内百枝《ももえ》娘子、巫部《かんなぎべの》麻蘇《まそ》娘子、粟田女《あわため》の娘子、豊前の大宅女《おおやけめ》、そして丹波の大女《おおめ》娘子という人たちの歌はいずれも、切なる〝待つ恋〟を歌っていて、穏やかである。これは彼女たちが何らかの意味で〝歌〟にかかわる女性たちだったのではないかという想像を許す。

右にあげた女性たちによっても知られるように、河内、豊前、丹波と国名がつけられており、そこ出身の女性たちであったろうと思われるが、「万葉集」には越前にいた蒲生、筑紫の児島、対馬の玉槻が知られ、彼女たちは貴人の酒席に侍っては歌を誦している。右の女性たちも、それらと一団の女性であり、「遊行女婦《うかれめ》」とよばれるとおりに、都にのぼって来ていたのではないか。

遊行女婦は、いわば遊女だが、今日の娼婦などとは、およそ異質である。彼女たちは古歌をそらんじ、それを歌う役を持って宴席に興をそえたものだ。そもそも韻律によることばは神授のものであり、そのゆえに遊女の歴史のはじまりは巫女であったが、そして巫女が神の嫁となるべき存在だった歴史は尾を引いているけれども、当時の彼女らの表芸は歌にあった。旅人の上京を筑紫で見送ったとき、児島はつつましく袖をふるのを控え、それでも無礼を謝しつつ袖をふった。そのように教養高い女性集団でもあった。だから、傲慢な藤原広嗣が桜の一枝を送って「一ひらの花にも百のことばがこもっているのだから粗末にするな」といったのに対して、娘子の某は、「それでは枝も重さで折れてしまいますね」と、きっぱり応じている。心意気を持った芸の女たちが、娘子であった。

他方、地方にいた娘子たちも、右にふれたとおり、地方赴任の官人たちをなぐさめているが、この中央官人との関係は、悲しい恋も生んだ。これは行きずりの恋なのだから、必ず破局を予想したものである。豊前の娘子、紐児《ひものこ》に抜気大首《ぬきけのおおびと》は熱い恋の歌を贈っているけれども、それもたまゆらにすぎたであろう。中央官人が任果てて帰京することになると、娘子は涙に沈まなければならない。

君なくは何《な》ぞ身粧《よそ》はむ匣《くしげ》なる黄楊《つげ》の小櫛《をぐし》も取らむとも思《も》はず

播磨娘子（巻九、一七七七）

名さえも伝えられない娘子だが、石川の某という官人が帰京するときに、こうした歌をよんだ。娘子階層のもので櫛を持っているなどというのは上等なことなのだが、その上に黄楊の小櫛という高級品を、娘子は大切に匣に入れて持っていた。せい一杯身を飾るときに、彼女はそのとっておきの櫛で髪をすくのである。石川某が訪れてくる時は、いつもそうであった。ところがもう帰ってしまうと、美しく粧う必要はない。黄楊の小櫛も、もはや空しいのである。

広嗣にあのように答えたにしても、所詮、娘子は娘子にすぎなかったろう。そうした身分の中での切情が遊女の歌にはこめられていて、一首はかぎりなく、いとおしい。

娼婦は、もちろんこの時代にもいた。東歌の中には、筑紫に赴任していった陸奥の男が、におうようにあでやかな筑紫の娘子のために、陸奥の女が愛を誓って結んでくれた下紐を解くという歌、大和へ夫をやって、たとえ大和の女の膝まくらをしたとしても、わたしを忘れないで下さいとよんだ妻の歌がある。末の珠名の娘子もそのひとりだったのだろうし、尾張小咋《おくい》が越前で迷った佐夫流児《さぶるこ》もそうであろう。しかし「万葉集」の一隅をいろどる娘子たちは、右に述べたような芸の女たちであった。その遊行は、ちょうど先の若宮年魚麻呂の場合のように、いやそれ以上に、歌の伝播の役割を果たしたと思われる。

泣く子らを置きてぞ来のや

右にも筑紫へ赴いた陸奥の男の歌をあげたが、当時筑紫にゆくとなれば、ごくふつうには防人《さきもり》としてであった。東国の男たちには、その歴史的な朝廷とのかかわりにおいて、古くから兵役の義務が重くのしかかっていた。誰ひとり好むものとてない防人の任に、彼らは突然指名され、都までの旅費を自弁し、さらに遠く九州へくだったのだった。

先に述べたように、東歌のたくましさはその大地に根をおろした、生活のたしかさにあった。貧しいとはいえ集団の抒情の中に、地縁社会の共同体の中で彼らは健康であったはずなのに、この血縁的、地縁的社会からひとり離されて、異境へ赴くということは、単に旅の悲しみ以上に、彼らを絶望させることとなる。遠く九州の防備につかわされた防人の悲しみも、またそこに根ざした。勝宝七年（七五五）二月に筑紫へ派遣された防人たちの歌、その最初にのせられた遠江の防人の一首は、次のものである。

畏《かしこ》きや命《みこと》かがふり明日ゆりや草《かえ》が共寝《むた》む妹《いむ》なしにして

物部秋持（巻二十、四三二一）

明日からは野宿の草を抱いて、妻もなく寝るだろうというのだが、この別離の悲しみを打消すべく自覚しようとしたのが、畏き大君の命令をこうむった身だということだった。もちろん、それによって悲しみは代替されるはずはない。あのように明るかった東歌と、そこから剝奪されたひとりの防人のこの悲しみとが、防人の歌の本質とするところだった。

防人歌は、それを家族との別離の中に歌う。武蔵の国の歌群は、ほかとちがって防人自身の歌よりも、その妻の歌を多くおさめている。だから右の歌と反対の立場で、あい応じ合う形になっていて、感情の交差を見ることができる。次は防人歌の最後の一首である。

色深く夫《せ》なが衣は染《そ》めましを御坂たばらばま清《さや》かに見む

物部刀自売《とじめ》（巻二十、四四二四）

先の防人と同姓だが、関係はない。彼女は武蔵の埼玉郡の女で、その夫は藤原部等《と》母麻呂《もまろ》という。等母麻呂は先立って、足柄の御坂で袖をふったら、家の妻ははっきり見るだろうかと歌っていて、右はそれに答えた一首である。

それではあなたの衣は色濃く染めましょう、足柄の坂の神のお許しを頂いて越えてゆく時には、その袖をふってください、はっきりと見ましょう、彼女はそう歌った。

いくら何でも埼玉郡にいる彼女が、箱根を越える夫の袖を見ることはできない。これは袖をふることが相手の魂をよぶ行為であり、そのお互いの魂の結合を感じることを「見る」といったものだ。それでは色濃く染めても無意味だということにはならない。まぎれることなく、心をこめた袖を虚空に向かってふる、そのことにおいて、やはりはっきりと見えるのである。別離をつなぎとめるものはやはりそうした信念しかないのである。

ある防人の妻は夫に針を持たせてやる。これをわが手と思って衣のほころびを縫って下さい、と。防人自身も幾日かの旅寝をかさねたのち、妻の着せてくれた衣にも垢《あか》がついたなあと嘆く。ゆとりある家の防人だが、せっかく馬に乗せていかせようとしていたのに、馬が野に逃げてしまって、夫を歩かせなければならない、といって嘆く妻もある。

妻ばかりではない。父は家にいて心配するより、お前の太刀になって無事を守っていてやりたいと歌う。防人自身も、母を玉にして髪の中に入れていきたいと願う。太刀も玉も、当時の人間が聖なる霊魂のやどるものと考えていたものである。

妻、父母にもまして哀切なのは子との別離であろうか。

韓衣《からころも》裾《すそ》に取りつき泣く子らを置きてぞ来のや母《おも》なしにして

他田舎人《おさだのとねり》大島（巻二十、四四〇一）

母のない子を残して来た、信濃の防人の歌である。「来のや」は「来ぬよ」ということの訛《なま》り、吶々《とつとつ》とした表現の中に、運命の悲しみがある。旅は死を覚悟したものであった。そのような極限状況に立たされながら、如何《いかん》ともしがたく従う他のない民衆の真情を示すのが、これら防人の歌であった。

生活の哀歓

風雑り雨降る夜の

万葉の時代の日本の人口は、約六百万人と考えられているが、このうち宮廷につかえた官人は、ほぼ千人である。これらは「長上官《ちようじようかん》」と呼ばれる、身分上の官人であるが、臨時に朝廷の仕事にあたる下級官人、たとえば先の章で見たような防人《さきもり》とか衛《え》士《じ》、あるいは舎人《とねり》といった、「番上官《ばんじようかん》」と呼ばれるものまで範囲をひろげると、官職にあったものはおよそ一万人である。

防人などの貧しいあり方は右に見たとおりで、それまでいれても六百分の一の人々が支配体制のわくの中にあった人で、ほかの大多数は民衆であった。

さらに長上官といっても、位は無位のものから正一位のものまで三十階級以上にわかれて、ほぼ貴族と称してよい五位以上の官人は、これまた少ない。時代がくだるにつれて増えては来るが、百人から二、三百人という数である。しかも彼らの俸給は位が高くなるほど上昇率がよい。最高官のそれは年俸一億円にもなるだろうといわれている。

当時の官人は律令のきめたところによって、しだいに昇進していくはずだが、実際は家柄によって大きく左右された。優秀な人材を大学に学ばせて官人にとりたてる道をひらいていたが、それで最初に与えられる位は正八位上、ところが一位の父親をもっている跡つぎ息子は、いきなり従五位下に任ぜられる。まず貴族の仲間入りをするのである。ふつうに下級官人から昇進していったものは、ほとんどの場合が五位どまりだから、貴族の世界は、聖なる名門のサロンのようなものであった。

当時の行政の最高機関は、太政官《だじょうかん》だが、それに加わる参議《さんぎ》とよばれる職には、皇族以外では藤原、大伴、阿倍《あべ》、紀、丹治比《たじひ》、巨勢《こせ》といった氏族の人々が交替してつき、それ以外の人間は、うかがい知ることのできない世界だった。

こうしてみると、「万葉集」にはこれら朝廷の中心に位置した人もむろんいるが、大多数は、一般庶民だったことになろう。彼らはそれぞれの生業にはげみ、職務にしたがった中で、「万葉集」の歌々を残したが、この庶民の生活を、克明に描写したものが、有名な山上憶良《やまのうえのおくら》の「貧窮問答歌《びんぐもんどうか》」という作品である。このような作品は、ほかにはない。古典の中でも珍しい作品というべきで、民衆の生活をあえて和歌によみ上げた憶良の精神に、厳粛さを感じながら、この作品を味わってみなければならない。

風雑《まじ》り　雨降る夜《よ》の　雨雑り　雪降る夜は　術《すべ》もなく　寒くしあれば　堅塩《かた》を
取りつづしろひ　糟湯酒《かすゆざけ》　うちすすろひて　咳《しは》ぶかひ　鼻びしびしに　しかとあ
らぬ　髯《ひげ》かき撫でて　我《あれ》を措《お》きて　人はあらじと　誇ろへど　寒くしあれば　麻
衾《ぶすま》　引き被《かがふ》り　布肩衣《ぬのかたぎぬ》　有りの悉《ことごと》　着襲《そ》へども　寒き夜すらを　我《われ》よりも
貧しき人の　父母は　飢ゑ寒からむ　妻子《めこ》どもは　乞ふ乞ふ泣くらむ　この時は
如何《いか》にしつつか　汝《な》が世は渡る
天地は　広しといへど　我《あ》が為は　狭《さ》くやなりぬる　日月は　明《あか》しといへど　我《あ》
が為は　照りや給はぬ　人皆か　我《あ》のみや然《しか》る
わくらばに　人とはあるを　人並に　我《あれ》も業《な》れるを　綿もなき　布肩衣の　海松《みる》
のごと　わわけさがれる　襤褸《かかる》のみ　肩に打ちかけ　伏盧《ふせいほ》の　曲盧《まげ》の内に　直土《ひたつち》

に　藁解《わらと》き敷きて　父母は　枕の方に　妻子どもは　足《あと》の方に　囲《かく》み居て　憂ひ吟《さまよ》ひ　竈《かまど》には　火気《ほけ》ふき立てず　甑《こしき》には　蜘蛛《くも》の巣かきて　飲炊《いひかし》く　ことも忘れて　ぬえ鳥の　呻吟《のどよ》び居るに　いとのきて　短き物を　端《はし》切ると　言へるがごとく　笞《しもと》取る　里長《さとをさ》が声は　寝屋戸《ねやど》まで　来立ち呼ばひぬ　かくばかり　術なきものか　世の中の道

世の中を憂《う》しと恥《やさ》しと思へども飛び立ちかねつ鳥にしあらねば

山上憶良（巻五、八九二・八九三）

冒頭に述べられた、塩をなめつつ独酌《どくしやく》する寒夜の老人は、七十四歳の憶良自身であり、それもけっして豊かな生活ではない。すでに現役を離れた憶良の固定給は月数万円で、従五位下、あの貴族の末端にはいても、貧しい孤影を負っている。しかしさらに下層の民衆生活を彼は思いやる。海藻のようにぼろぼろにたれさがった布肩衣（チャンチャンコのようなもの）を着て、粗末な家に父母妻子をかかえ、炊くべき米もなくうめいている人間、そこに租税を早く出せと督促する、むちをもった村長がやって来る、と。

これが大多数の民衆の姿であった。

山辺には猟夫の狙ひ

彼ら民衆の大半は、農民であった。六歳以上になると、口分田《くぶんでん》と称する田を与えられ（男は二段《たん》、女はその三分の二）、五十戸《こ》で一里の村落をつくって住んだ。右の里《さと》長《おさ》は、この長である。戸は付属の世帯「房戸《ぼうこ》」をあわせた、大家族である。彼らはこの共同体の中で農耕に従う。先の章に「奴がいるけれども、愛する女のために、自分で働いているのだ」という歌をあげたが、これはむろん戯れの歌で、奴婢《ぬひ》を買える農民は一般にはない。奴婢は上述のように「良民」と区別された「賤民」で、五、六十万人ていど。良民との結婚など、きびしく禁じられていた。

田畑には、稲、麦、粟、稗《ひえ》をうえる。

水を多み上《あげ》に種播《ま》き稗を多み選《え》らえし業《わざ》ぞわがひとり寝る

作者未詳（巻十二、二九九九）

水が多すぎるので高い田に稗を播き、やがてそれを間引きする、その間引きされた稗のように、わたしは一人で寝ることよ、という歌で、農作の実態からできた歌である。村の共同作業として草刈りをすることも多い。集団の労働だから、そこには旋頭歌《せどうか》など輪唱の歌が、よく歌われた。また、山にはたきぎを伐りにはいる。「富士の柴山」などともいわれて、裾野の森林はその絶好の場所だったようだし、鎌倉の山、佐野山（栃木県佐野市）などに木を伐る歌がうたわれている。

そして、それにもまして、彼らはけものを求めて山にはいった。「しし」ということばは、元来肉という意味で、「ゐのしし」とは猪《い》の肉ということだのに、それが動物の名前になっているのは、猪《い》が鹿と並んで彼らの求める食肉用のけものの代表だったからだ。「万葉集」では「鹿猪」を「しし」といっている。

山べには猟夫《さつを》の狙ひ恐《かしこ》けど牡鹿《をじか》鳴くなり妻の眼を欲り

作者未詳（巻十、二一四九）

鹿鳴をやさしく感じている作者は、それを狙う猟師に、はらはらしているのである。万葉びとは鹿を、このように情緒的なものとしても見ている。

一方、水辺の生活者は、海に魚をとり浜に網引をし、藻を焼いて塩を採集し、川のほとりの漁師は、筌《うえ》をかけ、網代《あじろ》を作って魚をとった。山の猟師がわなをかけてけものをとったのと同じである。

海べの漁師は、「海人《あま》」とよばれ、元来、一族で集団的な力を誇っていて、大和朝廷がわの人間からは、かなり特異な目で見られていた。家持や大宰府の官人たちは、彼らの歌う民謡に興味を持って、それを採集して来ているし、人麻呂ら官人たちは、旅にやつれた自分を、海人のようだと感じて旅愁にひたったりしている。また高貴な人間が配流になった悲しみを「海人でもないのに藻塩をとることだ」と嘆いたりする。すでに行なわれていた「漁火《いさりび》」に旅情を感じる万葉びともいた。当時、宇治川の網代は都の人間にも有名だったのであろう。そこが大和から近江への通路になっていることもあって、人麻呂の有名な歌も、ここで生まれている。

もののふの八十《やそ》宇治川の網代木にいさよふ波の行方《ゆくへ》知らずも

柿本人麻呂（巻三、二六四）

もちろんこれは都の人間のみた網代木で、生活者のそれではない。近江荒都の廃墟を見た驚きと深い物思いで、波の行方を見つめている歌である。

一方、都会の人間はどのように生活をしていたのか。「万葉集」の中には、すでに「市民」とも称せられるような都会生活者の歌があって、彼らは奈良の街にささやかな庭を持った家をつくり、可憐な花を咲かせては小市民の生活を営んでいたことがわかる。天平十二年以後、都があわただしく移りかわることは先の章でみたが、その奈良還都のきまった時には、移動する人の列がひきもきらなかったというから、その数も多かったわけである。とにかく、唐の長安城をまねた奈良の都は、東西四・二キロ、南北四・七キロの広さ。ほぼ一キロ四方の内裏を北端において、南へ都の中央をはしる朱雀《すざく》大路は幅八十五メートルの大路である。東西に九つ、南北に八つ都を貫く大路は幅二十四メートル。これによって区切られる一区画（一町）は三百平方メートルで、さらにそれを区切る小路とて、十二メートルの幅である。

そこに住む人々の、物々交換の場が、東西二つの市であった。

西の市にただひとり出て眼並べず買ひにし絹の商《あき》じこりかも

作者未詳（巻七、一二六四）

西の市で勝手に吟味もしないで買った絹は、失敗だった、と嘆いている。絹など大変な高級品で、欲望にまかせた悔恨は、小市民の生態をほうふつさせるものがある。面白いことに、「万葉集」には泥棒の歌もある。

門《かど》たてて戸は閉《さ》したれど盗人《ぬすびと》の掘れる穴より入りて見えけむ

作者未詳（巻十二、三一一八）

恋の歌で、この前に、「どこから妹ははいって来て夢に見えたのだろう」という歌があり、それに答えて「盗人の穴からだろう」と歌ったものである。

葦火焚く屋の煤してあれど

彼ら民衆の住居は、先に憶良の描写を紹介したが、太古さながらの竪穴《たてあな》式の住居で、浅く土地を掘り下げ、それを蔽う屋根を葺《ふ》きおろしただけのものだ。土間の中央あるいは一隅に炉《ろ》をつくる。じかに土の上に藁《わら》を敷き、そこにごろ寝するわけである。右の歌のように、泥棒が土を掘ってこられるのは、このためだった。炉には葦《あし》をくべる。だから家中、黒くすすけてしまう。

難波人葦火焚く屋の煤《す》してあれど己《おの》が妻こそ常《とこ》めづらしき
作者未詳（巻十一、二六五一）

この家のように、すすけているけれども、わが妻はいつまでも愛らしいという、愛すべき歌である。

しかし貴族の家は、立派である。高床式で、五位以上のものは柱を赤く、壁を白く塗って、瓦葺にせよ、という勅《みことのり》が出ている。民衆の家は草屋根の葺きおろしだから、壁というものさえないのだ。あったとしても、「壁草刈りに」ということばがあるように、草を組んで並べたもので、白く塗りようがなかった。憶良の先の歌は、こうした家屋に住んでいて寒かったわけだから、霙《みぞれ》まじりの風の夜の民衆の寒さは、想像にかたくない。三位以上になると楼門を立てて子孫に伝えることを許したようなので、その差は、いかに大きかったことか。

万葉びとの服装は、男は衣と褌《はかま》（ズボン）、女は衣と裳《も》（スカート）とをつけた。いわば洋風で、文化の諸方面にわたって、日本風を決定したものは平安時代だから、それ以前の奈良朝は、むしろ大陸的である。男女ともに紐で衣服を結び、時として帯をするが、この紐、下紐を恋の固めの誓として、ともに結びあった。

衣は、憶良が「綿もなき」といっているように袷《あわせ》のものもあり、中に綿（今日の真綿）を入れた高級品もある。衣を重ねても着て、「襲着《おそき》」といった。衣は、この時代以後も霊魂のこもるものだという信仰があって、恋人に自分の衣を送ったものである。次の歌は下着を送った一首である。

白妙《しろたへ》のあが下衣《したごろも》失はず持てれわが背子直《ただ》に逢ふまでに

狭野茅上《さののちがみ》娘子（巻十五、三七五一）

恋ゆえに流罪になった中臣宅守《なかとみのやかもり》が、この相手である。

材料は主として麻、高級な衣は絹だが、宮中の官女たちのつけた紅《くれない》ぞめの裳は、あざやかに男性官人の目を奪ったものらしい。人麻呂は海浜に波に濡れてたわむれる官女の赤い裳を、都にあって空想している。

これら宮廷人の衣の布は、農民に課せられた調《ちょう》という租税によってまかなわれている。農民の女は麻を栽培し、川にさらし、布におった。それは運脚《うんきゃく》と呼ばれる男によって都に運ばれる。貢納するための布を作るのはつらいが、自分用や愛する男に着せるためのものは、春の野山の、どの草をもって摺り染めにしたらよいかと、夢みたりもしたことだった。

彼らの口分田のことは少しふれたが、その収穫の三パーセントが租《そ》として差出され、残りが自分たちの食料となった。しかし「出挙《すいこ》」の制度があって、これは農民に稲を貸しつける救済制度を建前としながら、後には強制的になり、三十〜五十パーセントの高利子で農民を苦しめた。あまつさえ、租の稲は各国の役所の倉に収められるが、それが古くならないように、回転させる目的をも持った悪法だった。

だから実際には粟・稗が常食で、瓜や栗などを食べたことが憶良の歌からわかる。岡の茎韮《くくみら》、野にはえる宇波疑《うはぎ》（嫁菜）、茅花《つばな》、沢の蕙具《えぐ》、田の芹《せり》、沼のいわい蔓《ずら》（蓴《じゅん》菜《さい》）などを食べる。足柄の箱根の山に粟を播くという歌のあるのは、税の対象となることをさけたものだろうか。

最近おびただしく掘り出された、平城宮あとの木簡《もくかん》には、多く地方から宮中におさめられた品物の荷札がある。それによると、遠い土地のあわびだの海藻だの、ぜいたくなものが多い。庶民の右のものに比べると格段の違いがあるが、それでも、

妻もあらば摘みて食《た》げまし佐美《さみ》の山野の上《へ》の宇波疑過ぎにけらずや

柿本人麻呂（巻二、二二一）

のように、妻のつんだ嫁菜を食べるのが民衆のしあわせであった。右の歌は、そうしたこともなく海べに死んでいる男を悲しんだ歌である。

をとめらが玉匣なる

もう少し、万葉びとの身辺を見ておこう。この時代にも女性はなかなかオシャレだ

が、それも元をただせば信仰に由来するといったものの多いのも、一つの特徴である。

すでに万葉時代に日常つけていたかどうかは疑問だが、古代の女性は領巾《ひれ》を身にまとっており、大切な正装としてこの時代の女性も持っていたらしい。「蜻蛉領巾《あきつひれ》」ということばがあり、長い、トンボの羽のように薄く透けた布で、これを首にかけて装飾とした。ある妻は、自分の夫だけが歩いていくのをみて、母の形見として大切にしている領巾を馬にかえようと歌っている。領巾は元来邪を払い、魂を呼ぶ呪具だった。のちには袖が代用するようになり、それをふって恋人の魂を呼び、魂合《たまあ》いすることを願った。

襷《たすき》というのも同じである。憶良が子の病気の直るのを神に祈る時にしているように、これも聖なる衣装で、あの宮中の美女、采女《うねめ》が玉襷をしていたのも、聖女だったからである。十文字に結ぶのではなくて、肩から脇へかけて結んだようである。玉襷とはその美しいものである。それをかけて恋人に逢うことを願った女の歌がある。

　彼女たちの髪は、ふつうは結ばずに垂らしたが、中国のふうにまねて髻《もとどり》を結う、都会ふうもあった。その段階で結婚を意味する「髪上げ」ということばができたが、さて髪をすく櫛《くし》も神聖なもので、旅立つ男の無事を祈るために、ある女は櫛を手にと

るまいといっている。また藤原麻呂は坂上郎女《さかのうえのいらつめ》に贈って、

をとめらが玉匣《くしげ》なる玉櫛の神さびけむか妹に逢はずあれば

藤原麻呂（巻四、五二二）

と歌う。「玉櫛のように神々しくなった」というのである。

玉——美しい石や白玉（真珠）を愛翫するのはいまに変わらない。鏡が「万葉集」に多く登場するのも同様で、つねに「まそ（み）鏡」と美称をもって呼ばれているように、本来は神聖なものであった。だからこれらは、ともに神祭りにつかわれているが、ただ万葉の時代で、このこととともに大切なことは、以上のすべてをふくめて、これらが全く信仰的なものではないということである。玉などは、すでに十分「美しいもの」という意識に転化してしまっていて、彼らにとって美なるものは聖なるものであるという基本を持ちながら、その聖を意識しなくなっていった。

帰るさに妹に見せむにわたつみの沖つ白玉拾《ひり》ひて行かな

新羅へ使したこの官人にとって、白玉は旅の美しい土産であった。植物を髪に巻く鬘《かずら》も、髪に挿す挿頭《かざし》（髪挿《かみさ》し）も、同様の経過をたどった装飾であった。そのこと、中国ふうの化粧法の流行とは時を同じくしているだろう、天平の貴夫人たちは眉を落として画き眉にし、花子《かし》（花形の模様）をつけ頬《ほほ》に紅をさした。有名な正倉院の鳥毛立女屏風の女人像のごときである。旅人や、大伴池主《いけぬし》が、頬を桃の花で形容するのは、そのためである。

紅の頬と長い黒髪が美女の形容であったのに対して、男性は太刀をはき、弓矢をたずさえて馬を乗り廻す姿が魅力あった。「馬乗衣《うまのりごろも》」という、特別な乗馬服もあったようで、これは「漢女《あやめ》を据ゑて縫へる衣ぞ」といっているから、中国伝来の独特の製法によるのであろう。しゃれ者の若者は、馬に鈴をつけて乗り廻した。

作者未詳（巻十五、三六一四）

都武賀《つむが》野に鈴が音聞こゆ上志太《かむしだ》の殿《との》の仲子《なかち》し鳥狩《とがり》すらしも

作者未詳（巻十四、三四三八）

東国の野に菜をつかむ草を刈るか、この女の集団の場へ、遠く鈴の音が聞こえて来る。あれは殿の二男坊さまが鷹《たか》狩りをしていらっしゃるらしい、と女たちは想像する。若殿が女の胸をときめかすのは、先に稲舂《つ》き歌をあげたとおりである。家持も、都の女たちをわかせた若き貴公子であったが、彼は越中でとりわけ大切にしていた「大黒」という鷹の逃げたのを残念がっている。都でも鷹狩りに出かけたであろう。男性の形容として「立ちしなふ君が姿」ということばがある。はずむように、しなやかで凛々《りり》しい男性が、万葉女性の憧れの的であった。

新しき年のはじめに

彼らの生活の中でも、季節の到来はそれぞれに人々を楽しませた。万物の萌え出ずる春、人麻呂歌集のある歌人は、香具山にたなびく夕霞を見て立春を感じている。宮中では新春の賀宴が開かれ、集まった廷臣たちは祝賀の歌を献上する。

新《あらた》しき年のはじめに豊の年しるすとならし雪の降れるは

葛井諸会《ふじいのもろあい》（巻十七、三九二五）

天平十八年（七四六）正月、右大臣以下の雪による賀歌が奏上された、その一首である。雪は豊年の瑞《しるし》とされた。

朝廷のみならず、各国の役所においても国司主催の宴、また各氏族の中でも氏の上《かみ》の家で賀宴がもよおされた。初子《はつね》の日（正月の最初の子の日）に玉箒《ははき》を賜わることも、人日《じんじつ》（正月七日）に青馬を見る節会の行なわれることもあった。

これに対して一般民衆の春は、野遊を中心として交歓が行なわれた。すでに冒頭にも述べたように、古くから伝えられた行事に「国見」があり「野遊」があった。山に登って国土を見ては祝福し、野に出て若菜をつんでは楽しむ。多くは泉や川など、水のほとりに集まったようで、男女が歌をよみあう「歌垣」があり、さらに仮面劇のようなものが行なわれたらしくもある。東歌の数々が歌い伝えられたのはもちろん、真間手児奈《てこな》物語のようにストーリーをもった歌の物語も、この歌垣の場で歌い語られたようだ。先にもあげた雄略天皇を主人公とする求婚物語も、柘《つみ》の枝が美女にばけた伝説も、ここで歌われただろう。その意味で、歌垣は彼らの文学伝達の場でもあった。

古来、歌垣の物語として伝えられたものも多く、「古事記」の神武天皇が皇后イスケヨリヒメに求婚する話、記紀に伝える顕宗《けんそう》天皇が平群志毘《へぐりのしび》と大魚《おおお》という女性を争う話もそれで、後々歌垣の場に伝えられたであろう。

歌垣の歌のかけ合いは、男女の愛が成立する前段であったが、そこに結ばれた男女は夜をこめて愛を語る。東国では「かがい」と称したが、筑波山のそれを歌った虫麻呂は、「人妻に　我も交らむ　我が妻に　人も言問へ」といい、今日だけは神のお許しになる日だといっている。歌垣は性の開放の場でもあった。

野遊は、この歌垣をふくむが、古い竹取の翁《おきな》の物語も、ここに歌われたらしい。「万葉集」の竹取の長歌は、野に羹《あつもの》（スープ）を煮る少女たちのところに老人が近づき、この歌をうたい、少女たちが答えの歌を返すという趣向になっている。そのように女たちは宇波疑をつみ、羹を煮て楽しんだが、さらにそこでは「老人のうた」が歌われる。竹取の翁の長歌もそれで、昔は若かったという意味の歌を、老いも若きも歌うのだが、

物皆は新《あらた》しきよしただ人は古《ふ》りぬるのみしよろしかるべし

作者未詳（巻十、一八八五）

という一首も、そこに歌われたものである。

晩春三月三日の上巳《じようし》も、中国では筏《いかだ》を浮かべて遊ぶという知識とともにはいって来ており、夏の端午《たんご》の日にも、狩猟が行なわれた。額田王と天武天皇との有名な贈答もこの日の猟場においてだが、天平も半ばの家持のころになると、ますらおたちは、杜若《かきつばた》を衣に摺りつけて、猟をきそったらしい。

やがて秋、重陽（九月九日）の菊の節句は「懐風藻」には見えるが「万葉集」の歌の世界には、まだはいって来ていない。対して万葉びとに圧倒的に支持されたのは七夕であって、その歌は百首を越える。それでいて面白いことに、七夕の歌は、憶良・家持のほかに湯原王・市原王の四人の作者名を伝えるだけで、ほかは、すべて無名歌である。これは奈良期の宮廷人に集団的に歌のよまれたことを意味している。

七夕伝説は中国でも文献の上では新しいものであり、これをわが国がうけ入れたのは、養老年間のころで、宮中ではそれまで相撲の行なわれていた七月七日の節会が、七夕にかわるのはさらに後である。一方、わが国にも類似の神語りがあって、七夕はそれと習合していったらしい。天平の天子聖武は皇太子のころから七夕に関心を示し、憶良に命じて七夕の歌を作らせているが、また憶良は長屋王の宅でも、旅人の宅でも七夕の歌を作っている。さらに七夕に七種の秋草をそなえる風習があったが、その七種、今日いう秋の七草を決定したのも、彼、憶良である。
美しい、無名官人の七夕歌を掲げておこう。

秋風の吹きただよはす白雲は織女《たなばたつめ》の天つ領巾《ひれ》かも

作者未詳（巻十、二〇四一）

玉のごと照らせる君を

これらの年中行事にもまして、生活を大きくいろどったものは、いろいろな祭りであった。中でもとりわけ大々的で賑やかだったのは、婚礼であろう。まず彼らは歌垣の場や、村の共同の働き場で知りあう。水汲みは女の仕事だったし、蚕《かいこ》をかうこともそであった。そこが男たちと目を交わすことのできる場所である。

新室の蚕時《こどき》に到ればはだ薄穂に出し君が見えぬこのごろ

作者未詳（巻十四、三五〇六）

蚕の桑つみをするころは、男たちと会う機会がある。しかし蚕が上簇《じょうぞく》するころになり、そのための建物をたてて、女たちが中にこもって仕事をするようになると、もうチャンスはない。あんなに口に出して愛をささやいてくれたあの方の見られない昨今日よ、という歌で、男女の出合いをよく示した一首である。

恋が成就しても、当時のふつうの結婚形態は、そのまま女が家にいて、男が通って来る、いわゆる通い婚の時代であった。

しかし女が男と共に住む場合も少なくない。先にあげた憶良の貧窮問答では父母・妻子がともにいる様子がえがかれていたし、防人の出発などにも父母が送ったりしているのは、やはり同居していたのであろう。

当時は、事に際してよく建物をたてた。死者の建物は「喪屋《もや》」といい、葬式後こわしてしまう。同様、結婚に際しても新しい建物を作って、新婚の男女はそこにこもった。だから彼らに対する祝婚の歌は、この「新室寿《にいむろほ》ぎ」ともなった。「古事記」のもっとも古い歌として伝える歌、「八雲立つ出雲八重垣妻ごみに八重垣つくるその八重垣を」という歌は、わきのぼる雲に包まれて結婚するスサノオの神の祝婚歌である。

新室の壁草刈りにいまし給はね
草のごと寄り合ふ未通女《をとめ》は君がまにまに

作者未詳（巻十一、二三五一）

新室を踏み静む子が手玉《ただま》鳴らすも
玉のごと照らせる君を内にと申せ

作者未詳（巻十一、二三五二）

村人は総出で壁用の草を刈り、女は手に持った玉を鳴らして新室の魂を鎮める舞をまう。その草刈りは、また新しい一組の男女を生む場でもあった。第二首、「君」と呼ばれる男は玉のように輝く今日の主役であろう。さあみんな、「君よ、内におはいりなさい」というがよい、と人々は歌った。

しかし、死もまた人間のさけ難い運命である。古く日本人は死者を土葬する。例の古墳時代と呼ばれるころが、その最盛期だが、八世紀を迎えると火葬にあらためられてゆく。このインド伝来の葬法は仏教にともなってはいって来たものだが、そのことによって死者に対する考えも、大きく変わったはずである。

「万葉集」はこの葬送の変化を、ちょうど中ごろにもっているから、前期の歌には、死者への具体的な挽歌が多く、後期にそれは抽象化し、悲嘆の感情を歌う傾向が濃くなってゆく。人麻呂を中心とした、殯宮《もがりのみや》の挽歌は前者の代表的なものであった。

白い浄衣をまとった人々の葬列は死者の殯の場所に向かって、つづく。生前をしのぶ弔辞、誄《しのひごと》が奏上され、夜は侍宿《とのい》に奉仕する。死者はこうした鎮魂を経て、はじめて墓所に埋葬された。挽歌が奏上されたのもこの時であろうが、天智天皇葬送の時など歌は規定にしたがって、幾種類もの歌が、順次折り目ごとに歌われたようである。また「み哭《ね》」をたてまつり、「匍匐《ほふく》礼」が奉仕された。葬送には死者にそなえる食物や邪を払う箒《ははき》を持つ男、米を舂《つ》く役の女や泣女《なきめ》がしたがった。職業的にこれをつかさどる部民《べみん》を「遊部《あそぶべ》」といったが、その部の者たちが悲しみのため腹ばいころがる所作の儀礼が匍匐礼である。音楽も舞も奏上された。

もちろんこれは死者の身分によるのだし、それが後期になると消滅していくわけである。「葬」という字をよく見ると上下の「艸《くさ》」の間に「死」がある。そのとおりに葬とは草野に死体をおくことであった。右に述べた天皇などの大葬とちがって、民衆の亡骸は、ひそかに山中や荒野におかれて、墳墓すら築かれなかっただろう。

人麻呂に「軽の妻」の死を悲しんだ長歌がある。軽（奈良県橿原市）は当時栄えた市のあったところで、その妻も民衆のひとりと思われるが、この長歌の反歌は、死せる妻が秋の山道にまよったといっている。

秋山の黄葉《もみち》を繁《しげ》み迷《まよ》ひぬる妹を求めむ山道知らずも

柿本人麻呂（巻二、二〇八）

求める道を知らないといっているのは、おそらく山中のどこかにそっと埋葬されたのであろう。寂しい庶民の葬送である。しかし人麻呂の真実の慕情によって、彼女は豪華な死出の道についたともいえよう。

このような死者のたどる山道は、死者を山の中に葬ったことによって想像されたものだが、この山中への埋葬は、久しい古代から行なわれ、また後々にも、つづけられていく葬送で、神亀五年（七二八）に死した旅人の妻は大宰府の大野山に、天平十一年（七三九）に没した家持の「妾」は佐保山に、そして同じく十六年に薨じた安積《あさか》皇子は和束《わづか》山（京都府和束町）に葬られている。先にも述べたように、葬送はすでに火葬にかわっていたのだが、その骨を山に散らすことも行なわれている。

焼いてしまえば、思ってもせんないことだが、残された生者は、死者たちが山の中に限りもなくはいっていったと、考えつづけた。天平七年に死んだ尼の理願を、坂上郎女は、人麻呂の歌にならって「あしひきの　山辺をさして　夕闇と　隠れましぬれ」と語っている。

しかし、郎女がこの反歌で「家ゆは出でて雲隠りにき」といっているように、死者は天上の他界に遠ざかっていくという考え方もあって、憶良の歌などでは死者の世界を、「天路」とも「下べ」の世界とも歌っている。この後のものは、おそらく黄泉の国を考えたものであろう。

そして死者を葬った山に霧が立つと、それはわが嘆きの息だと歌う。山そのものがしたしく身近かなものに思われてくる。大津皇子を二上山に葬った大伯皇女も、右の家持もそうであった。超えがたい生と死との境界を、こうして心の中でつなぐことが、死の悲しみに対するせめてものなぐさめであったのだろう。

神々と人間

神奈備に神籬立てて

万葉びとは神々とともに生きた。先に防人《さきもり》の妻の「み坂たばらば」という歌をあげたが、「たばる」というのは、峠に神がいて（だから「み坂」という）、その許しを得て坂を越えていくことを意味する。これは、峠が国や村、つまり彼らの生活世界の境界で、そこに神を祭ることによって、外来の邪気を防ぎ、国内や村の中の平安を保ってもらおうという考えから出ている。

したがって、峠は、これを越えると異境であり、別離の情のせき上げるところであった。思わず残して来た妻の名を呼んで、袖をふることもあろう。ところが、ことばに名を出すことは、峠の神にその名をわたすことになる。恐れなければならないこ

とだ。しかし、

畏《かしこ》みと告《の》らずありしをみ越路の峠《たむけ》に立ちて妹が名告りつ
中臣宅守《なかとみのやかもり》（巻十五、三七三〇）

と、宅守は愛する狭野茅上娘子《さののちがみのおとめ》の名をよんでしまう。娘子を愛することによって罪をこうむり、宅守は越前（福井県）に流されていく途中である。いよいよ越路という、愛発《あらら》の関で、宅守はこの一首をよんだ。そしてそこまでの途次に作った歌をひとまずまとめて、娘子に贈っている。

峠ばかりではない。万葉びとの神々は天地のあらゆるものにやどっていた。あまり多すぎて、「天地のどの神様にお祈りをすればいいのか」などという歌さえあるが、国土の繁栄をつかさどるものは、「国《くに》つみ神」「国霊《くにたま》」つまり土地の神である。だから、高市黒人《たけちのくろひと》は、近江の都の荒れてしまったのを、「ささなみの国つみ神のうらさびて」荒れた都を見ると悲しい、と歌っている。都が荒れてしまったのは、近江の国土の神がさびれてしまったからだという考えの歌である。

しかし、自然の万物にやどる神々を、「土地の神」としてとらえるのは、原初的な段階から進んだ、やや抽象化した意識で、もっと素朴には、自然物そのものにやどる神々の形を彼らは見ていたのだった。
天の神はくだって、高い樹木に憑《よ》りついた。神樹《かむき》があがめられ、それを中心として作られた神域が「神籬《ひもろぎ》」である。石上《いそのかみ》の布留《ふる》（奈良県天理市）には神杉が神々しくそびえ、人々の信仰を集めていた。

神奈備《かんなび》に神籬立てて斎《いは》へども人の心は守《も》りあへぬもの

作者未詳（巻十一、二六五七）

「万葉集」はいかにも恋の詩集らしく、その信仰を恋の心にかけて、神木は守れるのに、人の心は移り気で守れないと歌っている。「神奈備」とは、神の降臨するあたりという意味で、神木のうっそうと茂った神山が、それと考えられた。だからこれは各地に存在し、代表的な大和の神奈備は、飛鳥（雷丘）、三輪、葛城《かずらぎ》（高鴨神社）、雲梯《うなで》（奈良県高市郡、雲梯神社）、そして竜田がそれである。山麓を川がめぐり、清なる風景でもあった。その川を神奈備川といい、神奈備を「三諸《みもろ》」ともいった。
水神の信仰もある。天武天皇は、当時大原（現在の明日香村小原）にいた藤原夫人と戯れの歌をやりとりしているが、天皇が「浄御原《きよみはら》の宮のこちらには大雪が降ったが、そっちは故郷だから、そのうちおくれて降るだろう」といったのに対して、夫人は「いいえ、この大原の『龗神《おかみ》』に命じて降らせた雪のかけらがそちらに散ったのでしょう」とやり返している。「龗神」とは竜神で、水をつかさどる神と考えられていた。

やがて神々は、それぞれの氏族の神として祭られるようになる。大伴氏も氏神の祭礼に一族の集まる歌があり、藤原氏も一族のひとり藤原清河《きよかわ》が遣唐使になって渡る時に、光明皇后以下の人々が氏神の春日の神の前で無事を祈りあっている。これら大氏族ばかりではなく、それぞれの氏が氏神をもち、東大寺の写経所で経典を写す仕事をしていた下級の官人も、今日は氏神の祭りだから欠勤したいという届を出したりしている。仏典を写しつつ神をまつるというのも、いまにかわらぬ日本人らしさだ。

藤原氏の祖、鎌足《かまたり》は、東国鹿島《かしま》の中臣部《べ》の人間だったという、古い文献がある。その関係で春日の神を氏神としたのだろうが、そもそもの鹿島、中臣の部民の祭ってい

た鹿島は、この地方の守護神だった。常陸の防人は、

霰《あられ》降り鹿島の神を祈りつつ皇《すめら》御《み》軍《いくさ》に我は来にしを

大舎人部千文《おおとねりべのちぶみ》（巻二十、四三七〇）

と歌っている。常陸の防人にとって、天地のどの神に祈るより、それは力強いことだったであろう。

斎串立て神酒据ゑまつる

これらの神々に、万葉びとはさまざまな形で祈りをささげている。この「いのる」というのは、「告《の》る」と「い」がいっしょになったことばで、「い」とか「いつ」「ゆ」「ゆつ」などは、神聖なものにつくことば、「忌《い》む」と同じものであろう。神聖なことばを神に告げるのが「いのる」であった。

このほか、大切にする意味の「いはふ（祝）」、「いつく（斎）」、祈り誓う「うけふ」

などということばが使われ、わが身をささげて「あがふ（贖）」、わが身の汚れをおとす「みそぎ（禊）」「はらへ（祓）」をした。しかし、それらの行為はおおむね恋の歌で行なわれている。先の神杉と同じである。

さね葛《かづら》後も逢はむと夢のみに祈誓《うけ》ひわたりて年は経《へ》につつ

作者未詳（巻十一、二四七九）

夢が神秘なものであることは、すでに述べた。夜ごとに夢に託してうけいをするのだが、恋人は現われてくれない。

もちろん、正式の神祭りをする時とか、職業的な神主、祝部《はふりべ》たちは、恋にかかわりなく、厳粛に神を祭る。身には楮《こうぞ》からとった繊維である純白の木綿《ゆう》の襷《たすき》をかけ、頭にはりっぱな蘰《かずら》を植物で巻き、神聖な串《くし》を立て神酒《みき》をささげ、手に幣《ぬさ》をもち、聖なるかめ「斎瓮《いわいべ》」を掘り据える。木に竹玉をかけ、時として玉、鏡をかけ、手に木綿の畳《たたみ》を持つこともあった。天を仰ぎ地に伏し、その様子は、坂上郎女によると、「鹿《し》猪《し》じもの　膝をり伏せて」というから、からだをひれ伏す状態である。額づくわけである。襲《かさ》ね着をきて、裾に白髪をつけることも歌われている。そのような格好で祝詞《のりと》を神にあげる。これが「いのる」であろうし、以上のすべてが「祭り」であった。

斎串《いぐし》立て神酒《みわ》据ゑまつる神主部《かむぬし》の髻華《うず》の玉影見ればともしも

作者未詳（巻十三、三二二九）

これはそうした神主の荘厳な神祭りの様子をたたえたもので、髪飾りの玉のような美しさを、うらやましいことよ、とあこがれている歌である。この髪飾り、さきの「鬘」も「挿頭《かざし》」も、これらはすべて植物の生命力をわが身に感染させる行為である。だから、「古事記」で倭建命は死にのぞんだ時、命長らえるだろう人にたいして、平群《へぐり》の山の熊樫《くまかし》の葉を、髻華に挿せ、と歌うのである。また、一定の試練に堪えて一人前の男子ができることは、「古事記」の大国主命の神話に語られているとおりだが、対する女性の成女式のようなものもあったらしい。そして、それのすんだ女性は、「葉根《はね》鬘」を頭に巻いたようである。いま、女になったばかりの清純で初々しい少女の、誇らしい象徴が、葉や根の鬘だった。このことばは、「万葉集」ですべて

「うら若い」ということばにつながって、歌われている。

「告《の》る」が祭りの中心であったことは先に述べたが、右の神主も、祝詞を奏しつつ神を祈ったであろう。すでに固定的にとなえられる祝詞が存在していて、「中臣《なかとみ》の太《ふと》祝詞言《のりとごと》」ということばも見える。中臣という氏族は、神と人との中に立つ臣という意味であろうか、代々祭祀をもって朝廷につかえる一族であった。先に初期万葉についで述べた時に、そのころの朝廷にことばをもってつかえる一団の女性のいたことにふれた。額田王もその一人だし、志斐の嫗《おうな》、吹黄《ふき》の刀自《とじ》といった老女たちがそれである。この女性たちは本来神につかえる人たちの流れをくむもので、だからこそ「ことば」をもって朝廷につかえるわけである。それほどに「のる」ことは祭りの中心であった。

しかし、これら神の女たちが、やがて戯れの歌を作るように、神々の世界は人間に侵略されて来る。冒頭に峠をこえる時の歌を掲げたが、そのように峠の神に幣を手向け、畏みながらも、宅守は妹の名を呼んでしまう。同じようなことが東国の女の中にもある。

鳰鳥《にほどり》の葛飾早稲《かづしかわせ》を饗《にへ》すともその愛《かな》しきを外《と》に立てめやも

作者未詳（巻十四、三三八六）

新穀に感謝をささげる夜は忌《い》みにこもって、男女は近づいてはいけない。にもかかわらず愛する者が外に立って戸をたたく。たとえ神が禁じているにしても、その愛しい人を外に立ちん坊にさせることはできようか、と歌うのである。しかもこれは個人の気持をよんでいるのではなくて、集団に歌われるのだから、すべての人々に共感されるものであった。むろん、これは笑いの歌だから、まさかそんなことはできないと思い、ちょっぴり、でもやはりとも思う、そうした共感である。

霊合へばあひ寝むものを

右にも記した「のる」ことの重要性は、根底を、当時の「言霊《ことだま》」信仰にもとづいている。すでにこのことは何度もふれる機会があったが、彼らにとって、「言《こと》」は「事《こと》」であった。しかも、「事《こと》」に類似したことばとして「わざ」ということばがある。わわれわれでは「こと」といってしまうものも、彼らにとって「わざ」であることがあって、起こって来る事と、行為して生ずる事とを、「こと」と「わざ」に区別しているのである。

その「こと」、つまり行為を超越したところに起こる「事」が「言」と同じであった。これはいきおい、なまなかなお喋《しやべ》り、今日のような情報過多を拒否し、物をいうことを厳粛な行為と考えさせるようになるが、とりわけ、歌は本来神かけた語りであった。そこに起こって来るのが、呪歌である。国土の祝福の歌はすでにあげたとおりだし、天皇讃美の歌も、根源をここに発している。天智天皇が死に臨んだ時、倭の大后は「御命が天空に充満している」と歌った。先にあげたとおりで、これらはすべて言霊による「呪」(いのり)だったわけである。

したがって、その効果は十分信じられていなければならない。

敷島の大和の国は言霊の助くる国ぞま幸《さき》くありこそ

作者未詳(巻十三、三二五四)

幅広く儀礼に応用された歌として、こうした一首がある。言霊に助けられて無事であれという祈願の歌だが、そこで面白いことに、一つの矛盾が起こる。神の守護の中にあるのなら、何もあれこれとことばで願わなくてもよいわけで、この歌は実は反歌なのだが、その長歌では、「言あげ」をしなくてもよいのだが、しかし言あげをする、といって歌をはじめている。

この言霊の信仰、ことばに霊魂がこもるという見方は、広く霊魂の存在に対する信仰が彼らの中にゆきわたっていたことを示している。だからこそ、霊魂をやどす肉体を、死後焼きはふることは、大きな衝撃をあたえたにちがいないのである。火葬の本場インドでは肉体に重きをおかない。それがそのまま日本に輸入され定着したことは、驚くべき、日本人の本質のように、私には思われる。

だから一方では、火葬を受容しつつ、万葉びとは最後まで人間の霊魂を信じつづけている。先にも少しふれたが、恋うという、共にいない人を求める感情は、それを招く「袖振り」という行為となる。すでに述べたように本来は領巾をふったもので、しかも「日本書紀」などでは死者にまたがって領巾をふって復活を願っているから、元来魂を揺り動かし、活動をさそう行為だったのであろう。

それが生者にも行なわれ、その魂を揺り動かして、こちらへ招き寄せる行為が「袖振り」であった。「万葉集」で恋人が袖をふるのは、遠く離れている時、別れてゆく時なのが、特徴的である。それを「見る」というのは、心の中に知覚することにすぎない。彼らは見えないところで袖をふっている。

魂は招かれた結果、合うことになる。

霊合《たま》へばあひ寝むものを小山田の鹿猪《しし》田守るごと母し守らすも

作者未詳（巻十二、三〇〇〇）

魂は合うのに母の監視によって共寝ができないと嘆く少女。同じように宅守を越前にやった茅上娘子は「朝となく夜となく魂は動くのだけれども、やはり現《うつ》し身が恋しい」と嘆いている。

こうした霊魂の実在感は、死霊ともなって現われて来る。天平元年（七二九）に殺された長屋王の死霊がたたったことは「日本霊異記」でも知ることができるが、さらに古く朱鳥元年《あかみとり》（六八六）に殺された大津皇子の怨霊も、怖れられて聖山二上山の頂上に、のちに移し葬られるという結果になっている。「万葉集」にも奇妙な「怕《おそろ》しき物の歌」というのが三首あるが、その一首は、

奥《おき》つ国領《うしは》く君が染屋形《そめやかた》黄染《きぞめ》の屋形神の門《と》渡る

作者未詳（巻十六、三八八八）

という。「万葉集」の配列から見ると、職業集団によって歌われたもので、たとえば平安朝以後の夢違《ゆめたが》えの呪文のように、こうした歌を歌うことによって死霊のたたりを祓う、それを職業とする賤民集団があったと思われる。死の世界にある「君」は、黄染の屋形舟に乗って恐ろしい海峡を渡っていく、という歌である。

岡の草根をいざ結びてな

このような霊魂のさまよい出るのは、夕方だと信じられていた。そこで起こって来

るのが「夕占《ゆうけ》」である。これも先の言霊と密接に結びついているのだが、彼らは、夕方、街に出て行きずりの人のことばを聞き、それによって吉凶を判断するのである。ずっと後の話だが、近松門左衛門の「堀川波鼓」でも仇討ちにはいろうとした時に、関係のないことだが街ゆく人のことばが耳にはいり、縁起が悪いと一旦やめる。それと同じである。だから、これは人のことばによって占う「道行き占《うら》にうらなへば」という歌い方にもなる。

同じように足で歩いてみて占うのが「足占《あしうら》」で、ある地点まで歩いていって、右足か左足か、きめておいた方と一致すれば吉、反対が凶とするものだといわれている。右同様ほほえましい庶民の占と思われる。

これらに対して、もっと大がかりなのが動物の骨を焼いた占で、ふつうには鹿の肩の骨を焼く鹿占《かうら》が行なわれたらしい。

武蔵野に占《うら》へ肩焼き真実《まさて》にも告らぬ君が名占に出にけり

作者未詳（巻十四、三三七四）

ことばではいわない恋人の名が、鹿占によってわかってしまったという女の歌である。ほかに「母が占で出そうとしてもわたしは恋人の名をいうまい」という歌があるが、これは、その逆である。

後には、しかも宮中では中国の風習にしたがって亀の甲を焼く占が行なわれたらしいし、津守《つもり》氏のような占を専門とする官人ができた。大津皇子が石川郎女《いらつめ》と恋をした時、それを顕わしたのは、津守通《とおる》であった。

彼らが何かを期待するのは、占だけではなく、前兆として何かを見るというふうでもあった。「日本書紀」には恋人の来る前兆として、しきりに蜘蛛《くも》が動くというのがある。あの額田王が天智天皇を待っていると秋風がすだれを動かして吹いたという一首も、恋人の来る前兆として風を見る習慣によっているかと思われる。

われわれは人がうわさをしていると耳がかゆいというが、万葉びとは恋人に逢う前兆として、眉がかゆくなると考えていた。中国の、当時万葉びとにも愛読された書物「遊仙窟」には、まぶたがかゆくなることが前兆として見える。それぞれ時代や場所によって顔の部分のかわっているのが面白い。それにしても、

いとのきて薄き眉根をいたづらに搔《か》かしめにつつ逢はぬ人かも

作者未詳（巻十二、二九〇三）

という一首は、うらぶれている。右の眉より左の方が一段と効果があったのか、そういう期待をこめて左の眉を搔いている女性もいる。

しかし、こうしてただ受身で恋の成就や事の成功を待っていただけではない。下紐を結ぶことが愛の変わらぬ誓いだと先にいったが、この「結ぶ」ことは、恋人同士の命や、わが命をそこにつなぎとめる、一種の模擬《もぎ》呪術であった。紐にも「緒《お》」という命の意識があったが、さらに結ぶこと自体が、一つの模擬の行為なのである。

松の枝を結んで命の安全を願った有間皇子の歌はすでにあげたが、

君が代もわが代も知れや磐代《いはしろ》の岡の草根をいざ結びてな

中皇命《なかつすめらみこと》（巻一、一〇）

「代」とは命のことである。二人の命を支配しているのであろう磐代の草を、さあ結ぼうという中皇命は、すでに見た間人皇后のことで、実の兄天智とひそかな恋にあったかと思われる女性である。「君」とは他ならぬ天智をさすであろう。しかも磐代は有間が松を結んだその場所である。両者いずれが先かはわからないが、命を祈られた天智は、有間を殺し、間人の先の夫、孝徳を悶死させた。

同じ草でも「忘れ草」というのがある。これは萱草《かんぞう》のことで、それを身につけていると憂さを忘れるという信仰があって、恋の苦しさを忘れたい人間はこれをもった。中国伝来の信仰で、あちらではすでに「詩経」の中にこのことが見えている。

このことが形の共通をもって移行したと思われるものに「忘れ貝」がある。そもそも二枚貝が一枚だけになっているから忘れ貝なのだが、その名によって「恋忘れ貝」となった。同じようにこれを持っていると、恋のつらさを忘れるという信仰の中で、海べにこれを拾ったのだった。忘れ草といい忘れ貝といい、ヨーロッパふうの「忘れな草」のような、相手への欲求をもたないところが、いかにもいじらしく思われる。

「忘れ草」の知識を日本に伝えたのは、当時の遣唐使であったろうか。先にも見たようなこの時代の大陸との交渉は、さまざまな文化、学術、知識、習慣をわが国にもたらしたにちがいない。すでに天智朝には大学の設置されたことが「懐風藻」の序文に見られるが、律令官人体制の整備とともに、まず外来氏族の人々を中心として、中国ふうな文化が朝廷にあふれるようになる。「懐風藻」の作者を見ると中務《なかつかさ》省に属する図書《としょ》寮、陰陽《おんみよう》寮、式部《しきぶ》省の大学寮などの関係者が多く、彼らが当時の学術の中心にあった人々だった。

ここでは儒教的な考えがもっとも尊重され、反対の老子・荘子の思想はしりぞけられた。そもそも儒教というのは政治哲学的な匂いをもっているから、これは当然のことだったろう。当時の官人たちは、儒教的な倫理観の中に育ち、その実践を目ざしてはげんだことになる。たとえば山上憶良という、その学識をもって聖武天皇の皇太子時代に仕えたこともある官人が、命おわろうとしてよんだという次の一首、

士《をのこ》やも空しかるべき万代に語りつぐべき名は立てずして

山上憶良（巻六、九七八）

は、天平官人のあり方を如実に示しているものといえよう。彼は伯耆《ほうき》と筑前と二つの国司を歴任しているが、とくに国司は、右のような朝廷の方針を直接民衆にあたえる、現実の責務をもっていた。彼はその中でおのれを中国の「士」になぞらえ、士たる名声の万代に伝えられることを望んだのだった。

しかし、秩序の中に厳しく自己を律してゆくこの態度は、必ずやうらはらの願望を、人々にうえつけるにちがいない。儒教的なものは、右の憶良の一首をかろうじて採り上げることができるだけで、むしろ反対に朝廷の採用しなかった老荘的なもの、神仙的なものが、歌の中にはより多く登場して来る。

早い歌では人麻呂歌集の中に仙人の絵をよんだ一首があり、仙人が皮の衣を着、扇をもっている姿を、常に夏と冬となのだろうかとふざけた歌である。きっと中国伝来の絵が忍壁《おさかべ》皇子のもとにあって、それにつけて即興的によまれた歌であろう。「月読の持たる変若《をち》水」という歌もあり、大伴旅人のよむ「雲に飛ぶ薬」ともども、中国の神仙物語につたえる不老不死の伝説をよんだものと思われる。西王母《せいおうぼ》という神のもとに不老不死の薬があり、それを姮《こう》（嫦《じょう》）娥《が》という女が盗んで月に逃げこんだというのが、中国の伝説である。

旅人は憶良と好対照をなして、老荘や神仙に心を動かされた歌人だった。大宰府の長官だった時、松浦川へ出かけることがあったが、そこで神女の現われたという巫山や洛浦を想像し、鄙の少女に過ぎない女の、鮎《あゆ》を釣っている姿を、仙女に見立てて歌を作っている。また、酒という、当時宴席で飲むことを禁じられていたものを讃める歌を十三首も作っているが、その一首、

この世にし楽しくあらば来《こ》む世には虫にも鳥にも我はなりなむ

大伴旅人（巻三、三四八）

は「荘子」に見えることばを借用したものである。作者のわからぬ歌だが、心を「無《む》何有《かう》」の里に置いたら、「藐姑射《はこや》の山」をま近に見るだろうかというものがあり、これらはいずれも老荘思想のことばである。人民に要求した儒教が姿をひそめ、こうし

た歌の見られることは、文学のあり方として興味あることといわねばなるまい。

しかし儒教・老荘より、よほど早くから日本人のなじんだ思想は仏教だったはずである。聖徳太子のそれは先の章で見たとおりだが、しかしこれまた興味あることに、その長い受け入れの歴史に比べ、また聖武天皇の東大寺大仏建立に代表されるような、仏教国家であった時代の姿と並べてみても、仏教の浸透は「万葉集」に多くない。万葉の中の漢文（憶良などの）には仏教思想が見られ、ことばとしては「寺」とか「法師」「檀越《だんおち》」（いまの檀家のこと）、あるいは「餓鬼《がき》」ということばさえ現われるが、思想的な歌にはとぼしい。後世の釈教歌《しゃくきょうか》（仏の教をとく歌）のようなものはほとんどない。

その中で目立つのは大伴家持で、彼は同族の古慈悲《こしび》が逮捕された時、一族に自重をうながす歌を作り、折りしも病臥して無常を悲しみ、仏道修行を願って、

現身《うつせみ》は数なき身なり山川の清《さや》けき見つつ道を尋ねな

大伴家持（巻二十、四四六八）

と歌っている。わずかに、非常の中で心揺らいだ病の家持の中に、修道の志が芽ばえたのだった。

こうしてみると、奈良時代は異常に中国文化を受け入れたけれども、それらは、ついに彼らの心を支える「神」とはなり得なかったようである。

世間の繁き仮廬に

ただ、ここで心をひくことは、このような外国の神々への拒否の中で、一つ大きく彼らの中にはいっていったものが、「世」をめぐる考えだったことだ。すでにあげた旅人の歌の中にも「この世」ということばが「来世」と対立的に用いられていたが、「よ」という、「命」とか時代の一区切りの意味に用いられていたことばが、「世の中」、「世間」という一つの空間的広がり、存在として意識されて来た。その意味で、これは「常世《とこよ》」と相対的なものとなった。永遠の楽土を願わない民族はいない。しかし、それはかつて単なる始源の世界として「根の国」とか「妣《はは》の国」とかと思われているにすぎなかったのだが、神仙思想によって楽土がその上に重なり、仏教によってもたらされた現世否定は、これを決定的にした。

世間《よのなか》の繁き仮廬《かりほ》に住み住みて到らむ国のたづき知らずも

作者未詳（巻十六、三八五〇）

河原寺（奈良県明日香村）にある倭琴《やまとごと》の面に書かれてあった落書きなのだが、これによると現世はわずらわしい仮りの住まいなのであり、もう一つの生活世界として理想境があった。仏教でいえば浄土がそれである。

だから、これは他界観にも影響して来る。原初は山中に葬るゆえの山中他界だけであったろうし、海べの人間は海上に他界を考えただろう。しかし仏教の火葬の煙は天上他界を連想させ、天を教え、黄泉を知らしめた。「万葉集」はこれらを混雑した形でとどめている。

話を現世にもどして、彼らの「世」の感じ方を見ると、それが無常だという歌が多い。山上憶良は世間が住《とど》まりがたいことを悲しみ、この世が仮合《けごう》にすぎず、去りやすく留めがたいことを嘆いた長歌を作っているし、家持も、あからさまに世間の無常を悲しむ長歌をよんでいる。

これはすでに人麻呂の時代にも見られ、病弱で夭逝した弓削《ゆげ》皇子は、雲をみてわが身の無常を感じているし、人麻呂歌集の中には、わが身を「水沫《みなわ》の如し」と観じた歌がある。先にあげた家持の歌にも「数なき身」とあり、彼は同時にほかの歌で「泡沫《みつぼ》なす仮《か》れる身」と歌っている。憶良も水沫のようにもろい命といい、人麻呂歌集の中には「水の上に数書く如き」命だという歌が見える。

これらのことばは多く仏典によっていて、仏教の教えたものといえるが、この生命観は、「万葉集」に多く見える「たまきはる命」という表現と少しちがうのではないかと思う。このことばはおおむね肯定的な命であり、霊魂と共にある命こそ、彼ら本来の命だったのではないか。それは長くても短くても、翳《かげ》りをもったものではない。

それを恒常との相対に置いて考えるようになった時に、

隠国《こもりく》の泊瀬《はつせ》の山に照る月は盈虧《みちかけ》しけり人の常無き

作者未詳（巻七、一二七〇）

といった人間無常、世間無常が芽ばえて来たのであろう。「常無し」と並んで歌われることばに、「空し」がある。右と同じような照る月の盈虧を「世間は空しきものにあらむと」してみちかけするのだと無名氏は言う。天平元年の長屋王謀殺は幾度かふれたが、この時ともに自害した、子の膳部《かしわでべ》王を悲しみ傷んだ歌である。有名なものでは妻の死んだ時に旅人の歌った一首が「世間の空しいことを知ると、いよいよますます悲しい」と歌っている。この世間が空しいというのは、先に述べたとおり「世間虚仮《こけ》」という仏教思想によるものだし、先に示した憶良の、俗道の仮合の思想も、同類のものであろう。

常なく、空しい世間、この憂き世は解脱するしかない。

世間を憂しと思ひて出家《いへで》せし我や何にかかへりてならむ

作者未詳（巻十三、三二六五）

すでに出家は書紀や「続日本紀」に多く見えるが、右は仏縁をよろこんで出家するのではない。世間がつらいからだ。そしてこの気持は以上のすべての歌に共通する心情であった。仏教という新しい神は、あのように大らかだった万葉びとが暗い憂愁の時代に閉じこめられた時に姿を見せた、悲しい神であった。

自然交感

怗怜し国ぞ

「万葉集」の歌の舞台は日本中にひろがっている。北海道はさすがに歌によまれていないが、北は陸奥（宮城県）から南は薩摩（鹿児島県）まで、その範囲はまことに広い。これをほとんど都中心の王朝の文学と比べると、そこにも一つ、「万葉集」の大きな特徴が発見できる。しかもその歌の風土はほとんどが実際にその場所で歌われたもので、知識によって土地の名前をよみ込むというものではない。

したがって、より多くの万葉びとの生活の場であった大和が、多く歌の中に登場するのも当然であろう。「万葉集」に登場する地名は、約千二百、そのうち四分の一が大和だといわれている。大和は青々とした垣根のような山々にかこまれて美しかった。

大和には　群山《むらやま》あれど　とりよろふ　天《あま》の香具山　登り立ち　国見をすれば　国原は　煙立つ立つ　海原は　鷗《かまめ》立つ立つ　怜《うま》し国ぞ　蜻蛉島《あきづしま》　大和の国は
舒明天皇《じよめいてんのう》（巻一、二）

先にも少しふれたことのある、舒明天皇の国見の歌だが、荘厳に身をかためた香具山から見た大和は、炊煙が絶えず、水鳥が埴安池《はにやすのいけ》（いまはもうない）をかけりめぐって、美しい（海は実際には見えないとする説もある）。この歌は舒明御製という由緒《ゆいしよ》をもって、後々の儀式に歌われつづけた讃歌だったと思われる。

この大和の南端が飛鳥で、初期王権はここにおかれ、ついで香具山の麓に接して藤原宮がいとなまれ、やがて奈良に移る。万葉びとは、このそれぞれの山川を眺めながら、歌をよんだのだった。

万葉びとはここを中心として各地に足をのばす。行幸にともなう吉野、紀伊、摂津、播磨、山城、近江また伊勢などもそうだが、官命による赴任は、さらに遠隔の地までも万葉の世界に招き入れる結果となった。中でも瀬戸内海ぞいの地方、その航路の果ての九州は彼らの目にふれるままに歌によまれた。讃岐の狭岑島《さみねのしま》に人麻呂は死者を見、伊予の道後温泉に斉明一行の泊ったことはすでに見たが、のちに山部赤人もそこを訪れている。本州がわでは鞆《とも》の浦（広島県）の室《むろ》の木が、大伴旅人によって歌によまれている。

九州は大宰府を中心として多くの歌が作られるが、さらに南、鹿児島県の薩摩の瀬戸（出水郡）を見る歌もあり、転じて壱岐・対馬の歌もある。次は対馬、竹敷の泊りの女の歌である。

竹敷《たかしき》の玉藻靡かし漕ぎ出《で》なむ君が御船を何時とか待たむ

玉槻《たまつき》（巻十五、三七〇五）

天平八年（七三六）、新羅へ向かった一行がここにはいった時、竹敷に住む遊女玉槻はこの一首を一行に贈って無事を祈った。

このほか人麻呂が赴任したことによって石見（島根県）の歌ができ、北陸では、越中（富山県）におもむいた家持によってその風土が歌われた。すでに早春の立山の歌をあげたが、清冽《せいれつ》な越中風土の歌は、枚挙にいとまもない。神さびて茂る能登（石川県）の島山、長浜の浦に浮んだ夕月、そして国庁の朝床にひびく船歌など、など。

これら赴任官人の目や耳によって「万葉集」に参加した風土とちがって、まさしく歌の風土そのものとして存在するのが、東国である。もちろん、東国にも官人は赴任しているし、東海道は三河まで、黒人なども来ている。赤人も真間の手児奈《てこな》の伝説を歌ったりしている。また、すでにこの時代にも、いわゆる「歌枕」として遠い地名をよむ歌が、笠女郎などによって歌われ、「信濃のま弓」など、土地の特産として知られたものもある。しかし、大多数の東国の歌の風土は、それぞれの土地の、土着の生活者によって歌われたものである。

東国というのは不破《ふわ》や鈴鹿《すずか》の関より東を指すから、いまの関東地方よりずっと広い。「万葉集」におさめられたものでも、信濃、遠江、駿河の歌があり、北は陸奥に及んでいる。陸奥は東北地方のすべてで、まだまだ勢力の強かった蝦夷《えぞ》のために、体制的な支配はできあがらず、各地に柵戸《きへ》を置くていどだった。したがって大和朝廷の陸奥は、ほぼ福島県、「会津嶺《あいづね》の国」であった。「古事記」に、北陸道と東海道とをたどった両将軍が会津で会った、だからここを会津というのだという説話があるのは、この支配体制の北限を意味していよう。宮城県から黄金の出たことをよろこぶ歌が家持にあるが、これは現地の歌ではない。

安太多良《あだたら》の嶺《ね》に伏す鹿猪《しし》のありつつも吾《あれ》は到らむ寝処《ねど》な去りそね

作者未詳（巻十四、三四二八）

安太多良山麓の男が、鹿や猪のようにいつまでも通うから、寝場所をかえるなと女にいう歌である。この逞しい実感のある歌が、万葉集の生活歌の北限のものである。

泣く子守る山

このように広範な舞台の中で彼らはどのように風土と向かい合っていたか。そもそも「大和」という宛て字は平和をたたえた文字で、「やまと」ということばは、「山《やま》処《と》」つまり山のあるところという意味である。これは山の反対の平野とか海とかから名づけられなければならないから、すでにこのことばは、広く野や海を知っている人間の名づけたものであるにちがいない。河内に起こった応神王朝にしろ、越前に発した継体王朝にしろ、彼らから見れば、まさに「大和」は「山処」であった。「万葉集」に大和の歌の多いことは、勢い、山の文学が多いということになろう。そして大和讃美は、山への讃美を不可欠にしていることにもなろう。神が山に降臨することはすでに説いた。三輪山も竜田も葛城もそして雷の丘も神奈備であったが、二上山のように、頂を二つもつ山は、それぞれ男女になぞらえられて、聖山とされた。香具山は右にもあげたように、「天の香具山」という。「風土記」によると、天上から落とした土の一かたまりがこの山になったといい、その由緒をもって尊ばれた山である。「日本書紀」によると、大和王権の反乱者は、まず香具山の土を手中にする。それを所有することが支配者でもあったわけである。香具山ばかりではない。大和三山は畝火も耳梨も、藤原宮守護の聖山であった。

こうしてみると山々は、万葉びとにとって、まず聖なるものであったことがわかる。東国の筑波山という二上山も、北陸の弥彦山も同様だった。そして奈良官人は、その聖の上に美を、民衆は聖の上に愛を重ねていった。東歌が、駿河にしても常陸にしても、富士山や筑波山を中心に集められているのは、山と民衆との関係を物語っているだろう。

三諸《みもろ》は　人の守《も》る山　本べは　馬酔木《あしび》花咲き　末べは　椿《つばき》花咲く　うら妙《ぐは》し
山ぞ　泣く子守る山

作者未詳（巻十三、三二二二）

三輪山の歌であろうが、この尊敬や親愛に、彼らの山への情感は残りなく現われているると思われる。

これに対して川は、必ずしも聖なる対象ではない。神奈備に神奈備川のあることは先に述べた。これも神聖な川ではあるが、たとえば明日香川など、もっと生活的日常的なものとして歌われている。

明日香川瀬々の玉藻のうち靡き心は妹に寄りにけるかも

作者未詳（巻十三、三二六七）

数多い明日香川の歌の中のすぐれた一首だが、わが慕情の投影を、明日香川になびく藻に見る歌で、このように、恋の「かたち」として歌われる場合が多い。

これに対して、旅に出た官人は異境の川に新鮮な感動を覚えていたり、由緒ある吉野川など、その美をたたえたものが多くあったりする。三輪山麓を流れる泊瀬川（三輪川）も同様である。

こうした感動ないし畏怖は、山間の大和人にとって、海において、より大きかったにちがいない。大和から難波に出る一つのコースとして、草香の直越《ただこ》えがあったが、それを越えた神社老麻呂《かみこそのおいまろ》は、一挙に視野に展開した海上の景に、さてこそ「押し照る難波」というのだろう、と詠嘆している。この大和とことなる景観が彼らをひとしく感動させたにちがいない。だから海は万葉びとにとって新鮮なものであると同時に畏るべきものであった。「海若《わたつみ》は霊《くす》しきものか」と某官人はいっているが、そもそも「わた」が海の意味で、「み」は神、つまり「海神」が「海」という意味に用いられるほど、彼らにとって海は畏敬すべきものであった。真珠はこの海神のもっているものである。それを家への土産にしたいというのは、必ずしも珍しいばかりではなく、尊いものだったからである。

海人《あま》をとめ玉求むらし沖つ浪恐《かしこ》き海に船出せり見ゆ

葛井大成（巻六、一〇〇三）

薄おし靡べふる雪に

　この風土におとずれる気象は、さまざまにあった。まず天文については、それを冒頭に分類し、中国の分類書の例にならって「天」から並べた巻もあるし、「天皇」ということばもあって、「天」への関心は強かったようだが、実際の万葉の歌では、けっしてそうではない。巻七の巻頭には特殊な一首が「天」に分類されるだけである。それでいて人麻呂のことを、かつて「天」の詩人だといったことがあるように、彼には「天」への関心が強い。けっきょく、大多数の民衆にはあまり縁のない観念の中に、「天」のあったことを示していよう。

　同じことは「日」についてもいえそうで、「日の御子」という強い信仰を持ちながら、一般の「万葉集」には、輝くような太陽をよんだ歌は少ない。朝日より入日が多くよまれ、入日より月が多くよまれる、といった具合である。世に「万葉調」という雄壮活発なしらべがあるように誤解されているが、多くの万葉びとは、心のあわれを知った、やさしい詩人であった。

月光は夜のあかりとしても、必要なものであったろう。しかし、それ以上に、彼らは月光に情緒を感じている。

愛《は》しきやし間近き里の君来むとおほのびにかも月の照りたる

湯原《ゆはら》王（巻六、九八六）

天平の歌人、父の志貴皇子に似て美しい歌を残した湯原王の一首である。「君」とよばれているところを見ると、これは恋歌ではない。月光にあくがれ出ずる雅友を想像しているのであって、大らかに照りわたった月は、近くに住む彼をいざなってくれるにちがいない、いとしいことだという優美な一首である。

雲・雪といった天候もよまれることが多い。これらは元来信仰的なもので、雪が豊年の瑞祥であることは、すでに述べた。雲も本来霊魂を運ぶものと考えられた。倭建命が死のうとした時、「はしけやし　我家《わぎへ》の方よ　雲居立ち来も」とよんだのは、それをあらわしている。雲がいとしいというのは、故郷と魂の交流がかなったからである。

そして、このように気象現象を呪的なものとして捉える歌は、「万葉集」にも見られる。「わたしの顔を忘れたら、雲を見ながらしのんでください」といった女、「わたしは雲でありたい、妹のところへ飛んでいって来たい」と歌った男、いずれも東国の民衆だが、これらの歌は信仰の上に支えられているだろう。霧も同様で、それは嘆きの息と思われていた。夫を旅立たせて、霧はわが嘆息と思ってほしいといった女もいた。

しかし、これと並行して気象は美の対象となり、生活の風景として捉えられるようになる。

婦負《めひ》の野の薄おし靡《な》べ降る雪に宿かる今日し悲しく思ほゆ

高市黒人（巻十七、四〇一六）

この孤独の詩人の見た雪は、もはや豊年のきざしなどではない。旅路の野宿に降りしきる雪であり、旅愁を象徴するものであった。先に「貧窮問答歌《びんぐもんどうか》」をあげたが、あの冒頭の「雨雑り　雪降る夜は」といった雪は、さらには貧の寒さをも背負いこんだものであった。

この雨も雲、雪と並んで多く歌われたものである。雨は一面において多く恋と関係している。雨が降るから恋人が来ないとか、春雨だから大して濡れもしないのに、七日降れば七日来ないのかとか、またいわゆる遣《や》らずの雨などもある。

しかし半面、ことに奈良朝の人々にとっては、貴族も民衆も雨が情調のものでもあった。とくに時雨《しぐれ》はもみじとともに秋の代表的な景である。

春日野に時雨ふる見ゆ明日よりは黄葉挿頭《もみちかざ》さむ高円《たかまと》の山

藤原八束《やつか》（巻八、一五七一）

八束は藤原房前《ふささき》の子だが、藤原氏としては珍しく、若き日に大伴家と親しく、その関係で「万葉集」に少なからず歌を残している。坂上郎女と親交があったのかもしれない。この歌は時雨を見ながら高円山の木の葉がもみじするだろうことを想像し、それを髪にさす風流を予測したものである。反対にもみじさせる時雨を悲しむ歌もあるが、いずれにしても風雅な雨の一面である。

真葛原なびく秋風

先に額田王の春秋をきそう長歌をあげ、持統天皇の「春すぎて」の歌を掲げたように、四季はすでに早い時代から万葉びとに意識されているが、「万葉集」の分類として見られるのは、巻八・巻十の二巻で、これが比較的新しい巻であることもすでに述べた。早くからあった四季観は、ここにおいて文学の問題として定着したということができるだろう。

家持は、越中で暦の上に立夏を迎えると、必ず霍公鳥《ほととぎす》が鳴くはずだと、それを期待している。ここには季節と景物との結合が見られ、右の定着はこの家持の意識のめばえとも結びつくものであろう。その証拠に、巻十は四季に分類した上で、さらに鳥、雪、霞……と景物によって歌を並べるのである。

それでは万葉びとは、どのように四季を迎えたのか。春、それを彼らは鶯《うぐいす》と霞《かすみ》、桜によって感じたようである。梅は春さればすでに散るべきものであった。

右に述べたような暦との関連は家持だけではない。昨日年がくれたと思ったら、今日は早くも春霞が立った、という歌もあり、これはそのまま「古今集」などにつづいて行く詩情であろう。

春の季節の歌に「しかすがに」（そうだけれども）ということばが現われる。ということは、期待する春の風景のあることを示すもので、その反対、冬の名残りをあげて「しかすがに」というのである。そして、このことばを代表として、季節の移りゆきの境目をよむことが多かったのだということも、物語っていよう。

うち靡く春さり来らし山の際《ま》の遠き木末《こぬれ》の咲き行く見れば

作者未詳（巻十、一八六五）

咲くのは桜である。梢に立ちこめて霞みながら咲く桜、それが「うち靡く」春の象徴であった。

春を告げる鳥が鶯なら、夏の鳥は霍公鳥《ほととぎす》であり、花では桜に対して橘であった。しかも春と異なるのは、鶯が自然に鳴く状態を歌われ、それによって春を知ったのに対して、霍公鳥は、鳴いてほしい、やって来い、と願望するものの多いことである。この人間主義は橘についてもいえることで、この貴族的な外来の植物は、庭に植えたものである。反対の自然の夏の花は石竹《なでしこ》であり百合《ゆり》であった。

そもそも額田の春秋争いもそうであるように、季節感は種子をまく春、収穫する秋を出発点としているから、夏・冬は二次的な季節といえよう。「万葉集」でも春・秋の歌が多く、夏・冬は少ない。この従来の農耕由来の季節の中に、夏は新しい貴族趣味をもって加入して来たと思われる。

霍公鳥も本来は霊魂を運ぶ鳥で「大和には鳴きてか来らむ霍公鳥汝が鳴く毎に亡き人思ほゆ」という歌があり、東歌にも「信濃なる須我の荒野に霍公鳥鳴く声聞けば時すぎにけり」と歌う。人失せて須我の荒野に葬り、霍公鳥の声によって思い出すと長い月日が経ったというのが後者である。霍公鳥の枕詞を「故《もと》つ人」というのも同じである。霍公鳥の声を苦しいと歌うとか、その声が物思いと関係して歌われるとかということも、同じ理由による。そうすると、たとえば、

わが庭の花橘を霍公鳥来鳴き響《とよ》めて本に散らしつ

大伴村上（巻八、一四九三）

といった貴族趣味は驚くべき転換というべきだろう。もちろんこれ一首ではない。作者未詳の一首に「わが待つ秋」とあるように、秋こそ自然のもっとも美しい季節だった。「万葉集」にもっとも多い萩が咲き、山々はもみじし、鹿の声を聞きつつ、仰いでは渡る雁がねを耳にとめた。これらを右の夏の景物に比較すると、いかに自然そのままのものかも、はっきりするだろう。右の橘の霍公鳥が「わが庭」であったのに対して、萩の花を野べに見に行こうと歌っている。

真葛《まくず》原なびく秋風吹くごとに阿太《あだ》の大野の萩の花散る

作者未詳（巻十、二〇九六）

「万葉集」でもっとも美しい歌の一つだが、萩の情趣はこうした万葉びと本来の野べにあった。この秋風ということばも多く歌われている。春風ということばも少しはあるが、しかし、「風」という分類のあるのは秋だけである。日本文学の秋風の情趣は早くもここに出発しようとしている。

そのほかには白露や月がよまれ、茸《きのこ》の香をよむ歌もある。秋の万葉びとの感受性は鋭敏だった。

四季分類の歌では、冬の歌は大層少ないが、その中心は雪と梅とである。だからこの二つを見まがえたという歌もあり、取合わせに興趣を感じていたようである。もっとも梅の落花と雪の取合わせは中国の詩文に先例があり、その応用という文人趣味もある。梅という外来植物は、そうした趣味も背負って、「万葉集」の仲間入りをしたようである。

巻十の冬は雑歌・相聞ともに人麻呂歌集の歌から始まるが、いずれもすぐれた歌である。

降る雪の空に消《け》ぬべく恋ふれども逢ふよしを無《な》み月ぞ経《へ》にける

作者未詳（巻十、二三三三）

恋に心も消えそうだという歌、さらにはそれを雪にたとえる歌は少なくない。しかし「空に消ぬべく」というあてどなさに恋をかいま見た歌はほかにはないのである。

さを鹿の胸分け行かむ

右にも鶯や霍公鳥、雁や鹿など多くの動物が季節の景物として登場して来たが、動物を主として「万葉集」のあり方を見ると、やはりこの四者がもっとも多く見られ、それ以外では鶴《たず》・千鳥・鴨などが目につく程度である。「万葉集」の動物の範囲は広く、後世の歌集などではちょっと見られないだろうような動物も登場する。虎・熊・鰻《うなぎ》・鮒《ふな》・ムササビ・烏《からす》などだが、一般的に彼らの身辺にあり、愛好されたのは右のものどもである。

万葉びとはこれらの動物を、まず生活の中で歌う。

暁と夜烏鳴けどこの丘の木末《こぬれ》の上はいまだ静けし
作者未詳（巻七、一二六三）

印象的には静寂な歌だが、恋の歌で暁になれば男は帰らなければならぬ。少しでも引きとめたいのが女の心で、鳥は鳴いてもまだ木末に鳴くはずの鳥々は騒がしくないからもう少し、という歌である。同じ趣の歌はほかにもあって、「明けぬべく千鳥しば鳴く白妙の君が手枕いまだ飽《あ》かなくに」とか「わが門に千鳥しば鳴く起きよ起きよわが一夜づま人に知らゆな」とかと歌う。ことに後者は民謡で、集団に享受された歌である。朝の鳥はとりわけ早く鳴いて女を悲しませる。「鳥よ、そんなに早く鳴くな、朝の帰ってゆく恋人の姿を見ると悲しい」と歌う女性もいた。

これらの歌では鳥は現実の次元で女を悲しませているのだが、実際上の因果を持たずとも、人間は突如として、あるものを契機としてある感情をやどす。

岩ばしる滝《たぎ》もとどろに鳴く蟬《せみ》の声をし聞けば都し思ほゆ

大石蓑麻呂《みのまろ》（巻十五、三六一七）

例の遣新羅使のひとりだが、彼は安芸の長門の島の磯に碇泊していた時、蟬の声を聞いて望郷の念に沈んでいった。先にもあげた、旅人が沫雪を見ながら都を思ったのとも、家持が柳の枝を見つめながら望京の念にかられたのとも、同じである。

蟬は晩蟬《ひぐらし》だったろうか。「万葉集」はヒグラシの歌を多く載せるが、同じ時の一行のひとりは筑紫で山かげにヒグラシを聞いて秋になるだろうと歌う。そのほかヒグラシとものの思いが重なってうたわれる歌がある。

反面、ヒグラシを聞きあきないという歌もあるのだから、いまの場合、蟬という一種の景物は、現実的な因果をもたずに人間を悲しませたのだが、このような景から情への移行は、民衆の歌の中ではことばを媒介して行なわれている。「馬柵《うませ》ごし麦食む駒《こま》のはつはつに新肌《にひはだ》触れし子ろし愛しも」という東歌は「はつはつに」、僅かに新しく肌をふれたいとしさを歌うのに、馬柵からやっと首をのべて麦を食べる小馬の状態を示しながら歌う。表面的には状態の共通をとおして上と下がつながるのだ。もちろん小馬への愛情がさながらに「子ろ」への愛情なのだが、なおことばを介して情に結びつく景が、民衆歌の特徴といえるのである。

景としての動物は、やがて右のような二つの心情を、いずれも切り捨てて、独立して歌われるようになる。

大夫《ますらを》の呼び立てしかばさを鹿の胸分け行かむ秋野萩原

大伴家持（巻二十、四三二〇）

勝宝六年（七五四）秋、「ひとり秋の野を憶ひて」作った歌の一首だが、家持が構想した構図の一点景として鹿が姿を現わす。「大夫の呼び立てしかば」というのだから、高円の野に狩猟の行なわれる趣で、鹿はそれに追い立てられていることになる。しかし、だからといって追われる鹿への感情移入だと受取るのは、作者の心情に遠いだろう。遠く勢子《せこ》の声をひびかせながら、胸で秋の萩の中をかき分けて移動している、その姿そのものに感動があるのである。だからこの場合は、むしろ情から景をさぐり出しているのであって、景は情の構図の一素材にすぎない。

これは、鹿がすでに固定した美的なものとなった上でできることで、それは鳥なら鳥、駒なら駒が観念化していくことを示していよう。そのとおりに、「鳥とふ大鈍鳥《おおおそとり》」ということばがあり「男が来もしないのに、『子ろ来』と鳴く」などといわれている。「ころく」、われわれの「カアカア」を彼らはそう聞きとめたのである。烏はついに恋の嫌われ者となっていくのである。

野をなつかしみ一夜寝にける

このような動物のあり方は、ぼう大な量の植物の歌についても、ほとんど同じである。ただ相違をいえば、右に述べたような景と情とのかかわりは、植物の方にいっそう強く、非常に多くの植物が情の表現に用いられていることである。右の烏の歌で、現実の次元で悲しませるといったが、そのような植物はない。そしてことばとして用いられるものも、たとえば「妻松（待つ）の木」とか「吾妹子に楝《あふち》（逢ふ）の花」とかというぐあいに見られ、松が「万葉集」の中に多い植物の一つとなっている原因はそこにもあるほどである。もちろん情を一義的には切り離した植物もある。ことに家持は植物が好きだったようで、多くの草花を庭に植えたらしく思われるが、これは天平後期の一般的傾向でもあった。

この、情の象徴としての植物と、美的に愛好された植物の歌を少し見ておくことにしたい。

春の苑紅にほふ桃の花下照る道に出で立つをとめ

大伴家持（巻十九、四一三九）

あまりにも著名な一首だが、この情景は桃の花以外をもっておきかえることはできないだろう。つまり春苑にかがやくように咲いている桃の花は、その中に出で立った少女とあい映じ、応じあうものとして着想されているのであって、そういう解釈が正しいというのではないが、試みに「……桃の花。」というところで切って、二本立にして読んでみたら、どうなるだろう。その時は、上の句と下の句が同じことをくり返している、つまり桃の花とは少女のことだ、というようにさえも見ることができるだろう。こうした便法をつかえばはっきりするように、桃の花は「をとめ」の象徴として歌われているのである。

これは中国の詩文に基づく発想である。中国最古の「詩経」にも「桃夭《とうよう》」という一篇があって、桃の灼々たる様子が若い女のたとえとして歌われている。「万葉集」では父の旅人も一族の池主も美しい女性の頬《ほほ》を、桃の花が咲いているような、と形容している。

美しい女性は、そのしなやかな姿を藻によって表現されることがある。人麻呂は幾度か玉藻のように靡く女性の姿を歌ったが、次の歌も比喩の一首である。

夕さらば潮満ち来なむ住吉《すみのえ》の浅香の浦に玉藻刈りてな

弓削《ゆげ》皇子（巻二、一二一）

「夕方になったら満ち潮になるだろうから、早く玉藻を刈りたい」という一首だから、事柄をさぐると常凡の歌のようだが、この詩をそのままの形でよむと、何とも美しい情景である。夕潮に漂ってなびく美しい藻。実はこの歌は紀皇女を思慕する歌で、この藻は皇女のイメージなのである。先にも述べたように弓削皇子は夭逝した薄幸の皇子である。そのことを思うと、いっそうこの歌の清らかな美しさが、胸に伝わって来るように感じられるではないか。

「潮みち来なむ」は誰か他の男にとられてしまう、といった現実的な意味ではあるまい。ほかの歌で、「潮みてば入りぬる磯の草なれや」というものがあるのによれば、夕潮のみちることによって海中に姿を隠してしまうイメージが皇子の頭にあったのだろう。想像の中で見え隠れする女性、それが玉藻に象徴されてもいるのである。

先の家持の歌が漢籍の知識の上に作られた象徴だったとすると、これは図式化、固定化という転落をする危険性がある。あの中国の白詩によって有名な「雪月花」を一度に取りあわせたように、家持は、「宴席に雪月梅花を詠める歌」を作っている。これなどは転落しかかったものであろうが、もちろん「わが屋戸のいささ群竹吹く風の音のかそけきこの夕かも」などの秀歌を多く作っているのだから、詩人家持は、けっして堕落していない。

これに対して、一世代先立つ自然詩人をもって称せられる赤人は、より健康的であった。

春の野に菫《すみれ》つみにと来《こ》し我ぞ野をなつかしみ一夜寝にける

山部赤人（巻八、一四二四）

ほかの菫の歌が二首ともツボスミレなので、これも可憐なそれであろう。赤人は「なつかし」さのゆえに野に一夜をあかす。これが万葉びとの詩のあり方であって、やがて家持に到ると美学に翳《かげ》りがきざして来るということだ。

ぼう大な草木の歌が万葉集に歌われるのも、こうした自然との交感の中で、彼らの心が豊かだったからである。

心とことば

よき人のよしとよく見て

平安時代初期の大学者に菅原道真《みちざね》という人のいたことはよく知られているが、道真は「万葉集」が大変むつかしい書物だといって嘆いている。彼のような大学者でもむつかしかったというのは、一つに「万葉集」が漢字ばかりで書かれているからである。

当時はまだ平がな、片かながてきていなかったから、中国から借りた漢字を使って記録したわけである。だから読む方もそうだが、書く方も大変苦心した。苦心して彼らは二つの方法を考え出した。一つは日本語と同じ意味の漢字を探してそれで書くこと。「いぬ」は「犬」、「うま」は「馬」というように。ところが、それでは日本語と漢字とがうまくかみ合わない場合がある。たとえば「うらさぶ」、何となくさびしいといったような時、「寂」でも「淋」でもいいようだが、やはり「さびし」と書く方が忠実である。仕方がないので、さ、び、し、という音のそれぞれの漢字を代用することを考える。これが第二の方法である。さらに「うら」ということばは全く意味が違うが「浦」という字がある。組合わせれば「うらさぶ」は「浦佐備而《うらさびて》」といった形になる。

彼らはもっとも根本的にはこの二つの方法で万葉の歌を書いていった。だから前者と後者とだけでそれぞれ書くと、大変な違いになる。たとえば前者だけで書くと、一首の歌は

春楊　葛山　発雲　立座　妹念

といったなぞなぞのような形になってしまう。道真がむつかしいといって嘆いたのも、無理はないが、学者たちの長い努力の結果、これは「春楊葛城山《やなぎかづらき》に発《た》つ雲の立ちても座《ゐ》ても妹をしぞ念《おも》ふ」と読まれて、読者たちに提供されることとなった。

またこの反対に後者だけで書くと、

和何則能爾　宇米能波奈知流　比佐可多能　阿米欲里由吉能　那何列久流加母

という、これまたすぐには読めない字面になる。これを一字一字かなに直してゆくと、わかるわけで、「我が苑に梅の花散る久方の天より雪の流れ来るかも」という、大伴旅人のすぐれた一首なのだった。

したがって、この双方をとりまぜて書けば、かなり読みやすい文字づかいになるはずだ。「万葉集」でも、大体この両方を使って書いているが、右の旅人のように書いた部分も、けっして少なくない。これを一字ずつ平がなに直したのが、平安朝のかな文字なのだから、むしろこうした書き方は、「万葉集」でも新しい時代に現われて来る。

しかし、彼らはただ苦労しながら、一首一首の歌を書いたのではない。かなという便利なものがあるなどとは、つゆ知らないのだから、むしろ積極的に、漢字による書き方を楽しもうとさえしている。

よき人のよしとよく見てよしと言ひし吉野よく見よよき人よく見つ

一見してわかるように「よし」ということばを重ねることに興じたもので、八つもそれが出て来る。これは万葉時代に流行したたわむれで、坂上郎女は「来むといふも来ぬ時あるを来じといふを来むとは待たじ来じといふものを」という歌を男に返している。どういう意味か、考えるのがけっこう楽しみでさえある。

そこで右の歌だが、「よし」のくり返しをただくり返して書いたのでは、書き手の男がすたる。彼はこう書いた。

淑人乃　良跡吉見而　好常言師　芳野吉見与　良人四来三

「よし」を六つに書き分けたのである。おまけに「四」だから最後は「三」と。「万葉集」の書き手は時と場合によって、さまざまだが、彼らはおおむね官職の上でも、書記官とか、仏教の経典を写すとか、書き手としてつとめていた人たちである。したがって文字の熟達者で、いろいろな技巧をこらしている。「色《いろ》二《に》山上復有山者《ば》」

は何とよむかわかるだろうか。「山の上にまた山がある」というのだから「出《いで》」である。ところがこれは中国にあるなぞの詩の一節をそのまま使ったので、彼の学識を示すものなのだった。

　同じような技巧は、

たらちねの母がかふ蚕《こ》の繭《まよ》ごもり馬声蜂音石花蜘蟵あるか妹に逢はずて

作者未詳（巻十二、二九九一）

にもある。馬は「イ」と鳴き、蜂は「ブ」と音をたてる。岩につくセガイのことを石の花といった。「蜘蟵」はくものこと。そこで「いぶせく（鬱）も」とよむことになる。平安初期、万葉を一所懸命よもうとしていた源順《したがう》という大学者が、これを考えながら道を歩いていて、思わず馬とぶつかった。すると馬が「イー」と鳴いたので、これがよめたという俗説がある。本当らしいところが、うそである。

　こうした例はあげていけば切りがない。これらは書き手のひそかな楽しみだったが、もうひとつ、「岩ばしる垂水の水の愛《は》しきやし」といった歌を、「早敷八師《はしきやし》」と書く。上に「水」という字があるから「早」という字を借りるわけで、水のようにいとしいという歌のつづきぐあいを、別の角度から文字の上で関連づけているのである。つまり彼は、文字をあやつるというわが仕事の中で、歌の心を生かそうとしているのであって、文字はけっして文字だけではなく、心をもったものだったのである。

矢野の神山

もう一つ、「万葉集」のことばが後のものと大きく違う点は、当時の発音がいまと違っている点であろう。「お」と「を」、「え」と「ゑ」などは、われわれでも違って発音できるが、もう「い」「え」「お」をそれぞれ二とおりに発音しろといわれても、すぐにはできない。

ところが当時は、この三つの母音がそれぞれ二とおりの発音をもっていて、それに使われる漢字も違っていた。つまり、ふつうのわれわれと同じ「い」「え」「お」という音（甲類という）のほかに、舌を口の中に浮かせて発音する、いわゆる中舌音の「い」「え」「お」、あのドイツ語などにある「ï」「ë」「ö」といったは発音（乙類という）があったのである。

こうした研究は古くはなかったので、「万葉集」のことばでも、従来習慣的に発言されたり、考えられたりして来たことが、間違いであることも、近ごろ多く発見されることとなった。

妻ごもる矢野の神山露霜ににほひそめたり散らまく惜しも
作者未詳（巻十、二一七八）

たとえばこの「矢野」は江戸時代から「やぬ」とよまれ、「秋の野《ぬ》のみ草刈りふき」とか「野《ぬ》をなつかしみ」とか、「野」は「ぬ」でなければ「万葉集」でないかのようなひびきさえもっていたが、これはいまと同じ「の」でよいことになった。江戸時代の学者に安藤野雁という人がいる。「ぬかり」というのでこそ、しゃれになるのだが、もういまは彼は浮かばれない。文字どおりぬかったわけである。

また「神山」という「神」は、上《かみ》にあるから「神《かみ》」なのだと、本居宣長などは説いているが、「神」と「上」のそれぞれの「み」は別な音で、この説明は成り立たなくなった。同じように「火」と「日」は同じことばと考えられていたが、これも違う。

さらに最近では清音でよむか濁音でよむかというのも研究が進んで、右の歌の「にほひそめたり」、つまり黄葉することも、当時は「もみち」といい、いまのように「もみぢ（じ）」と濁らなかったことがわかった。遠い人を思い、美しきものをほめる。これは「しのふ」と清音で、じっと我慢する方は「しのぶ」と濁音である。

もちろん、現代人のわれわれは万葉時代そのままの発音をすることはできないし、その時代の発音で「万葉集」をよんでみても、まったく無意味である。彼らは彼らに自然な発音で歌ったのだから、それはわれわれにしてみれば、いまの発音で味わうことにほかならない。当時の発音でよむというのは、すでに距離を置くことになり、自分の発音から万葉ふうにしてかからなければならないだろう。古く「は」は「ふぁ」（Fa）である。さらにさかのぼれば、これは「ぱ」（Pa）にたどりつくはずである。つまり「母《はは》」は「パパ」になりかねない。

しかし、だからといって当時の発音を無視するのも正しくない。

小竹《ささ》の葉はみ山もさやにさやげとも我は妹思ふ別れ来ぬれば

柿本人麻呂（巻二、一三三）

有名な、石見の国から妻と別れて上って来た時の歌だが、「ささの葉は……さやにさやぐ」と「さ」のくり返しが目立つ。「さ」という鋭く澄んだ音が悲しみに沈む人麻呂の心を表わすのだという意見もあるのだが、この「さ」は「tʃa」という、「ちゅや」に近いもので、「チュヤチュヤの葉はみ山もチュヤやにチュヤやげども」というわけだ。果たして、古代人も同じように、鋭く澄んで悲しい音と感じたかどうか。

しかし、先の二とおりの母音も、掛け詞のような技巧の中では通用している。「女郎花《をみなへし》佐紀《さき》沢に生ふる花かつみ」といった歌は、「女郎花咲き――佐紀沢」という技巧で地名の佐紀（奈良市）につづけるもので、同類は万葉にも例が多いが、「咲き」と「佐紀」との「き」は甲と乙と違う。違うが通用させているので、「古今集」の喜《き》撰《せん》法師の「世を宇治《うぢ》山と人は言ふなり」と同じである。「世を憂し――うぢ山」である。今日の洒落《しやれ》も、そのあたりを無視して口にするところに、むしろ面白みがあるではないか。

にほへる妹を憎くあらば

「万葉集」はいま目にする形を、最初から持っていたわけではない。書いてしまうと、右の「き」の違いなどということが気になるが、大半の万葉の歌は、実は歌われたのだから、そうした口誦のものとして受取らなければならない。読者諸賢は、次のことをどう考えられるだろうか。

紫草《むらさき》のにほへる妹を憎くあらば人妻ゆゑに我恋ひめやも

天武天皇（巻一、二一）

有名な蒲生野《がもう》の一首。天智天皇は間人《はしひと》皇后の葬礼をおわって、はじめて即位し、都を近江に定める。その天智七年（六六八）の五月五日に大々的な遊猟をこころみたが、右はその時に天武が額田王にこたえた歌である。額田は若き天武、大海人《おおあま》皇子にかつて愛され、十市《とおち》皇女を生んでいたが、この時には天智後宮の一人となっていたらしい。それは必ずしも「妻」であることを意味しないが、後宮につかえる身を「人妻」といったのだろう。

そこで、私がこの歌について不審に思うのは、紫草のように美しいあなたを「もし憎かったなら、あなたは人妻なのだから、わたしは恋することなどするだろうか」という表現である。いいたいことは憎くないから恋するのだ、ということである。わざわざ反対の仮定を立てて、それを反語で打消すという廻りくどいことをなぜするのか。ふつうにいえば「いとしければ、人妻なれど、我は恋ふるも」といった具合に、いうべきだろう。だのに、なぜか。

わたしは、これをこそ口で歌ったからだと考える。口誦文芸の持つことばの効果は、書かれてしまうと死滅し、いたずらな理屈のように聞こえるけれども、口誦の中ではこれは生き生きと聞いている人の心理をあやつるのである。先に額田王の春秋の歌をあげたが、これもきき手の心理的反応をたしかめながら、叙述は進んでいった。それと同じことが、この場合にも考えらえるのである。

吾妹子《わぎもこ》を早見《はやみ》浜風大和なる吾《あ》を松椿吹かざるなゆめ

この歌も違った意味で口誦性を持っている。歌われることばは、これから何が語られるかをきき手は知らない。その発声の時点時点で聞いているのだから、「吾妹子を早見」までで事を了解し、「吾を待つ」ときき、きいているうちに「松椿」と並べられるというぐあいである。少しもせせこましい歌ではない。むしろ巧みな変転に喝采《かっさい》を博しただろうのに、書かれると、何ともややこしい歌になってしまうのである。

万葉の歌は本来贈答を中心とし、そのために「相聞」の歌から起こってくるのだということもすでに述べた。しからば、その折りの、むろん口づたえに使者の持っていく時の、口誦の性質、相手との対応性といったものは、「万葉集」のもっとも大切な要素だったにちがいない。これは相聞の歌のみならず、末期万葉にも盛んに行なわれた宴席の歌でも同じであり、民衆など集団に歌われる歌でもひとしい。一首をどのような場においてみるか、それが歌の命を、生かしも殺しもするのである。

赤人が春日野にのぼって人を恋うた長歌がある。あるいは旧都悲傷の歌かとも思うが、春日山の裾の原野で、赤人は「容鳥《かほどり》の　間なく数鳴《しば》く」のをじっと聞きとめていた。「容鳥」とは郭公《かっこう》のことだといわれている。先にもいったように「かほ」は「かふぉ」で、「かふぉかふぉ」と鳴くから「かほ鳥」である。「くわっこう」と鳴くから「郭公」というのと同じである。その鳴き声を音としてよみがえらせてみると、閑寂に鳴くその声に、心の沈んでゆく赤人のあり方がわかるだろう。「憂き我を寂しがらせよ閑古鳥」とよんだのは芭蕉である。

郭公と霍公鳥《ほととぎす》とは古くから混同しているが、「暇《いとま》無み来ざりし君に霍公鳥わがかく恋ふと行きて告げこそ」という坂上郎女の歌も、鳴き声の「かくこふ」をかけた一首である。万葉の歌はこのようにことばで歌われてこそ意味を持った。だからわれわれも、「万葉集」を声に出してよまなければならない。

ただ最初から書かれた歌がなかったというのではない。たとえば勅使出発に際して賜わるような正式の歌は、最初から書かれて伝えられ、入唐使《にっとうし》、藤原清河に与えられたそれなどは、いわゆる宣命書《せんみようがき》という、助詞などを小さく書く書き方をしている。また大伴旅人周辺に見られるように手紙にしたためて相手に送る場合もある。しかしこれらはごく少数で、まず大多数の万葉の歌はうたわれたものであった。

玉きはる内の大野に

このように歌う形式は、さまざまであった。「古今集」以後は、ほとんど短歌ばかりになってしまうが、いわゆる歌体《かたい》とよばれるものは、長歌、短歌、旋頭歌《せどうか》、仏足石歌《ぶっそくせきか》、連歌が「万葉集」には見られる。この時代以後の日本の詩は五音と七音の一つづき、五・七というのを一つの単位としてできあがっていて、これのいくつかのつみ重ねの上に、最後に七音の一句がつくという形になる。つまり、五七、五七と二度くり返して最後に七をつけるのが短歌で、三度以上くり返されるのが長歌である。これに対し、万葉には見られないが最少の五七、七という片歌《かたうた》を、二つつづけたもの（五七七、五七七）が旋頭歌、短歌にもう一つ七をつけたものが仏足石歌である。連歌といったのは、短歌の上下句をそれぞれ別人の作ったものが一つ万葉にあるからである。

万葉以前、「古事記」や「日本書紀」の歌では右のように整然とした形を持っていないが、おのずからに長い歌謡と短い歌謡とがあり、前者は儀式に歌われた公の晴れがましい歌、歌物語として事をのべる歌で、後者は個人的に感情を表わす歌（歌ったのは集団だが）である。

これらの伝統の中で、成長し完成したのが長歌と短歌だから、本来この両者は別ものであった。いま「万葉集」を見ると、長歌はほとんど「反歌」として短歌をそえているが、本来の長歌は反歌などもたない。それは右にいったように機能が違うからで、巻十三の長歌が古く反歌をもたなかったのは、まさに当然のことであった。ところが、のちに長歌は反歌を持つようになる。だからこれは長歌の持つ叙事の性格に、短歌の持つ抒情性を加えるもので、大変斬新な様式であった。「万葉集」の出発の時期は、この様式の樹立と、ほぼ時を同じくしている。

八隅知し《し》　わが大君の　朝《あした》には　とり撫で給ひ　夕《ゆふべ》には　い寄せたたしし　御《み》執《と》らしの　梓《あづさ》の弓の　中弭《はず》の　音すなり　朝猟《あさかり》に　今立たすらし　夕猟《ゆふかり》に　今立たすらし　御執らしの　梓の弓の　中弭の　音すなり

反歌

玉きはる内の大野に馬並《な》めて朝踏ますらむその草深野

間人老《はしひとのおゆ》（巻一、三・四）

中皇命《なかつすめらのみこと》（間人皇后）が内の大野（五条市宇智）で狩猟する舒明《じょめい》天皇に対してたてまつった寿歌たる長歌は、「古事記」にも類似の歌のある、習慣的な儀礼歌である。弦をはじくと、弦の下の部分の弭（中弭）は音をたてる。後世の鳴弦のように、これは呪的儀礼の動作であった。たてまつることを命ぜられた老は、この歌を奏上し、あわせてわが感懐を短歌にして添えた。もちろん、形式上の作者は中皇命で、代作した実作者が老だったわけだ。

こうしたあり方が万葉の黎明《れいめい》期の歌の様式である。「反歌」という名称は、古くからある「歌い返し」、長歌謡を歌いおわったおさめとして短くくり返す曲節から生じたもので、この様式は中国の辞賦《じふ》とよばれる形式の中にもある。音楽的にその影響をうけているが、「反歌」という名前は、「荀子《じゅんし》」などの辞賦のものを借りたのではない。

もちろん、長歌はすべて反歌を持つというものでもなく、人麻呂なども長歌だけを作り、別に短歌を作ったりしている。そして万葉時代の個我の目ざめの中に、短歌はますます増大していくのだが、一方民衆の歌は、いつまでも集団性をのこしていった。旋頭歌・仏足石歌がそれである。それぞれの例はすでにいくつかあげても来たが、先の熊来酒屋の歌と同様、旋頭歌は、

山代の久世《くぜ》の社《やしろ》の草な手折りそ
おのが時と立ち栄ゆとも草な手折りそ

作者未詳（巻七、一二八六）

と第三、六句のくり返されるのが特徴である。おそらく以下も、この形式で片歌が歌いつがれていったのだろう、そのようにつねに旋《めぐ》り歌われながら頭の歌にかえっていくから、旋頭歌と称したと思われる。ここでも、久世の社によせる敬愛を、「草な手折りそ」に集約し、「どのように栄耀をきわめようとも」と歌いまわる。「立ち栄ゆ」は神楽《かぐら》歌にも見える民衆の口ぶりである。この輪唱性は仏足石歌にも共通すること、すでにあげたとおりだ。

しかしこの旋頭歌形式も、やがて貴族がもの珍しく試みるところとなる。坂上郎女も高橋虫麻呂も作っているが、そうした興味本位の段階になると、一首の短歌の上の句をいいかけ、下の句をつげといって別人が歌う連歌も生まれて来るだろう。「尼」が「佐保川の水を塞《せ》き上げて植ゑし田を」といい、家持が「刈る早飯《わさいひ》は一人なるべし」とついだ。女性をめとる寓意のあるものであった。

稲筵しきても君を

一首の歌に心を表現する方法も、けっして単純ではない。

いわゆる修辞（レトリック）と呼ばれるものの中で、もっとも「万葉集」らしいものは、枕詞《まくらことば》であろう。後の時代になると枕詞は単なる飾りにすぎなかったり、調子をととのえたりするだけのものになるが、本来枕詞は土地の名前につけられており、土地をたたえることばだった。

しかし「万葉集」の時代になると、もっと美的なものとして自由になる。たとえば「ぬばたまの」という枕詞は、本来檜扇《ひおうぎ》のことだから、実の黒いところから「黒」

「夜」などにつらなっていくはずだのに、それと関連のある「月」「髪」などにもかかっていく。このような場合には「夜の月」「黒い髪」という中間の補いが聞き手にまかされていることになり、一種の連想の中にことばが運ばれることになる。また「わが心」という枕詞も「明石」「筑紫」「清隅《きよすみ》」といったことばに連なっていき、自由である。要するに「あしひきの—山」「久方の—光」といった慣用的な、使い古しの帽子のようなものではなくて、万葉びとにとっては、常に新鮮にイメージの生きたものであった。

玉藻刈る敏馬《みぬめ》を過ぎて夏草の野島の崎に舟近づきぬ　　柿本人麻呂（巻三、二五〇）

この二つの枕詞も、実際のイメージをもって歌われている。異なった伝誦に「玉藻刈る処女を過ぎて」とあるように、上は敏馬の海人少女の風景により、下はうっそうと雑草がおいしげる荒蕪の野島の印象によって歌われたのだった。

これに対して序詞とよばれる修辞も、一斑をイメージに負いながら、さらにことばの面白みをもたのんだ表現である。人麻呂は長い序詞を長歌の中に入れる傾向があるといわれるが、妻をもとめて軽の市に「わが立ち聞けば　玉襷　畝傍の山に　鳴く鳥の　声も聞こえず……」という。「鳴く声のように妻の声も聞こえず」という意味である。この場合は鳥の姿をだぶらせる効果だけだが、序詞は掛け詞の方法をもあわせもって、歌に変化をあたえるものでもあった。

玉桙《ぼこ》の道行き疲れ稲筵《いなむしろ》しきても君を見む由もがも

作者未詳（巻十一、二六四三）

稲であんだむしろを敷く、その「敷き」と「頻《し》き」とをかける方法である。掛け詞はことに民衆の歌に多く、「青嶺《ね》ろにたなびく雲のいさよひに」といわれると、なんという事もないが、「吾を嶺ろ」つまり自分に靡いている女がためらっているという歌で、あくまでも人々の共通の風景に託しながら恋の心をよむのが、民衆歌の卓抜な手法であった。右の歌も誰でもが使っている稲筵を用いたところに共通点がある。

本来、序詞というものは歌の主旨の契機をつくるもので、AのようにBだといっても、Aだのに Bだといっても、ともにAは一般的なこと、対してBは個別的にいまとり立てていいたいことであった。たとえば、「志賀の海人の塩焼衣馴れぬれど」は共通の契機で、次にその反対「馴れぬれど恋とふものは忘れかねつる」とつづく。これを「物に寄せて思を陳ぶ」などと分類した時には詩学上の興味の中で処理されてしまっているが、そもそも歌というものは、こうした形で発生したのだろうと、私は考える。だから掛け詞などといって技巧のようにいうのは、本当は正しくないのである。

歌の表現の方法としてもう一つをあげると、同じことばのくり返しということがある。すでに天武天皇の歌、坂上郎女の歌をあげたが、もう一首作者未詳の歌に「梓弓引きみゆるべみ来ずは来ず来ば来そをなど来ずば来ばそを」という、一層手のこんだものもある。

それらは右の枕詞や序詞が発生期の詩に必然的な生命を持っていたのに対して、明らかに意図的であり、遊戯的である。その点で好一対をなすだろう。先に「あ」の音をくり返した長意吉麻呂《ながのおきまろ》の歌もあげたが、賀茂女王も「秋の野を朝行く鹿の跡もなく思ひし君に逢へる今夜か」と歌っている。第三句までは序詞でもある。

これらはやや末梢的な技巧といってよいだろうが、

巨勢《こせ》山のつらつら椿つらつらに見つつしのはな巨勢の春野を

坂門人足《さかとのひとたり》(巻一、五四)

は持統の紀伊行幸にしたがった一首、快い諧調が、行幸にみちた晴れやかな雰囲気を表現していてほほえましい。「つらつら椿」は、椿がつらなって咲くところから出たことばだろう。いま(大宝元年、七〇一)は秋で、椿さく春野を空想する歌である。春日老《おゆ》も似たような歌を作っているから、人々の共感をえた即興歌でもあっただろう。彼らは意吉麻呂と同時代、坂上郎女、賀茂女王はずっと後の万葉歌人である。

東の風いたく吹くらし

これら歌の様式や表現方法のほかに、彼らが心を向けたのは、ことばそのものであった。現代にいたるまで、すぐれた詩人はつねにすぐれたことばの発見者だったから、それは当然のことであろう。

すでにあげたものでも、たとえば旅人が落梅を「天より雪の流れ来るかも」といったのは、漢詩の表現を翻訳したもので、天平文人らしいあり方だったし、人麻呂は枕詞の幅を大幅に拡大する、新しい枕詞を作った。それだけイメージが豊かだったことになる。

また、先に引いた山上憶良の「貧窮問答歌」は、ほかの人のまったく使わないことばにみちていて、きわめてユニークである。それは彼の体質がそうでもあったのだし、目を向けていたところが常人とかけ離れていたことにもよっている。

あの大津皇子という人物はなぞめいた存在で、臨終の歌と詩をのこし、その「懐風藻」の漢詩は、ずっと後の中国（金の時代）に類似の詩がある。また後の人が追和している聯句があり、皇子のものは「天紙風筆、雲鶴を画き、山機霜杼、葉錦を織る」という七言の二句である。七言は中国でも新しい形、「懐風藻」でも大半は古い五言詩で、皇子のような早い時代に七言があるのは、きわめて珍しい。ところが「万葉集」には

経《たて》も無く緯《ぬき》も定めず少女《をとめ》らが織れる黄葉《もみち》に霜な降りそね

大津皇子（巻八、一五一二）

という一首があり、右にあげた聯句詩とそっくりの趣向がある。どうやら「懐風藻」の方は臨終詩といい聯句詩といい、後人の仮託ではないかと思われるが、それにしても万葉歌の方は皇子の作なのだろう。皇子が文才に秀でていたという讃辞はあちこちに惜しみなく述べられているが、皇子の漢籍の背景は大きかったにちがいない。大伴家持も、新しい詩のことばに敏感な人間だった。

東《あゆ》の風いたく吹くらし奈呉《なご》の海人《あま》の釣する小舟榜《こ》ぎ隠る見ゆ

大伴家持（巻十七、四〇一七）

家持はこの第一句の下に注をつけて「越の俗語、東風をあゆのかぜといへり」といっている。越中にくだった彼を迎えたものは、京とは異なった風土だったが、その土地のことばを用いて、歌を作ったのだった。芭蕉も東北に旅して「涼しさをわが宿にしてねまるなり」という句を作った。胡坐《あぐら》して坐ることを土地で「ねまる」といったからだが、しかしこれは俳諧特有の挨拶なのであって、家持とは基本の点が違っている。

そもそも東歌《あずまうた》が「万葉集」の中にあるのも、中央人の、その抒情への関心があったからだ。この中央人の代表的な人間が家持であったにちがいない。東歌にはひどい訛《なまり》があって、ちょっとわかりかねるものもある。「沼二つ通は鳥が巣我が心二行くなもとなよ思はり《も》そね」など仮名ばかりで見ると、何のことだかすぐにはわからないだろう。そうした訛も方言もふくめて、そこに新鮮な歌語を家持は発見したにちがいない。

東歌というのはふしぎなことばの所有者で、記紀歌謡に近い面があるかと思うと、たとえば馬のことを「駒」というように、平安朝の歌語まで持っている。「万葉集」のほかの巻では「馬」というのである。おそらく、口語世界のことばとして、すでに万葉の本流とは別の世界にあったことばが東歌のもので、万葉の歌の世界は、独特のことば圏をつくり始めていたのではなかったか。そこに東歌をとり入れる関心も生じ、その結果「駒」などが、元来持っていた「鶴《たづ》」らと共に、平安和歌にうけつがれる結果となったのだろう。

　　堅様《たたさ》にもかにも横様《よこさ》も奴《やつこ》とぞ我はありける主の殿門《とのど》に

大伴池主（巻十八、四一三二）

家持と贈答しあった時の一首だが、これら見なれないことばも、口語や散文語であったと思われる。戯れの歌ではあるが、以上の漢語、方言、俗語をふくめて、それらを持つ歌を包含するところに、「万葉集」の自由で豊かな世界があったことは、重大なことと思われる。

愛と死

夢にのみ見えつつ

　万葉びとたちは、その生きてある日に、どのような感動をもったのか。彼らの心はどのように生きていたのか。すでに何度もふれてきたように、「万葉集」は愛の詩集である。東歌の中に「崩岸《あず》の上に駒をつなぎて危《あや》ほかど人妻子ろを息《いき》にわがする」という歌がある。崩れそうな崖の上に駒をつなぐ、そのように危いのだけれども、「人妻子ろ」を、「息にする」というのである。「息《いき》」は「生《いき》」で、彼らの命はそれほど具体的であったが、呼吸して生きる、それがわが恋だというこの一首は、痛切な恋の感動を歌い、それが彼らの生の中心だったことを物語っている。「万葉集」のあり方を強く示すものだろう。

しかし、「恋ふ」とは失われている相手を求めることなのだから、そもそも恋は運命的に悲しい。「万葉集」に歌われた恋も、多く悲恋であり、恋の歓喜を歌ったものは少ない。のみならず、彼らは「悲恋」そのものを亭受した。多くの悲恋物語が歌によって語られ、人々の心に感動をあたえた。高市《たけち》皇子と十市《とおち》皇女とのそれは、壬申の乱の戦雲をはさんでもいる。十市は天武と額田王との子、天智最愛の皇子弘文天皇（大友皇子）の妃となった。しかし即位半年の後に夫弘文は父天武に殺される。その時の将軍が天武第一の皇子高市皇子で、その手によって弘文は首を斬られ、首は天武の軍営に運ばれたのだった。

この間における十市の苦悩は想像にかたくないが、乱後七年、皇女は突然死ぬ。自害だったろうとも思われるが、薄幸な生涯を暗示するかのように、皇女の伊勢参宮の途次、吹黄刀自《ふきのとじ》が、川の中の神聖な石にかけて、皇女の寿を祈っている。高市はこの十市をひそかに慕った。異母兄とはいえ、夫の首級をあげた将軍の求愛は、十市を苦しめたであろう。高市を長く拒否しつつ、しかし愛し、その果てに死んでいったらしい。十市の死を悲しんで、高市は次の歌を作っている。

三諸《みもろ》の神の神杉夢にのみ見えつつともに寝《い》ぬ夜ぞ多き

高市皇子（巻二、一五六）

この高市の妃が但馬皇女であった。同じく異母妹である。ところが但馬は別の異母兄、穂積皇子を愛した。但馬ははげしい情熱を持った女性で、監視の目がきびしいと、朝、しかも自分から出かけていって穂積に会ったようである。穂積が官命で近江に遣わされたときも「後を追いかけていきますから、曲がり角ごとにしるしをつけておいてください」と歌ったりしている。

これに対して穂積は一首も歌を贈っていない。それでは、これは片思いだったかというと、けっしてそうではない。和銅元年（七〇八）但馬皇女が薨ずると、穂積は、吉隠《よなばり》の墓所を雪の中に遥かに望みつつ、一首の歌を作る。

降る雪はあはにな降りそ吉隠の猪養《ゐがひ》の岡の寒からまくに

穂積皇子（巻二、二〇三）

皇女が寒いだろうから、雪よ多く降るなと歌わずにはいられなかったのである。この歌の題詞に「悲傷《かなし》み涕《なみだ》を流して作りませる」と書いてあるところによると、皇女の死によって、それまで耐えていた心の重みが、音をたてて崩れていったように思える。皇子の沈黙は、この重みだったのである。皇子はのちにわが子のように年の違う坂上郎女をいつくしみ、酒に酔っては戯れの恋歌を歌ったという。すべてを燃焼しつくした男の姿といえようか。

くだって天平の恋のロマンは天平八年（七三六）の石上乙麻呂《いそのかみのおとまろ》と久米若売《わかめ》とのものと、同十二年ごろの中臣宅守《やかもり》と狭野茅上娘子《さののちがみのおとめ》とのものである。いずれも少しずつふれて来たように、名門の貴公子乙麻呂は、藤原宇合《うまかい》の未亡人、幼い百川《ももかわ》を抱いた若売と恋をした。夫の服喪中であったために、乙麻呂は土佐に、若売は伊豆に流される。宅守の場合は、所轄の女嬬（下級の女官）に対する恋として禁にふれたのだろう。宅守は越前に流され、つぎの大赦の折りもゆるされてはいない。

乙麻呂の配流は時の人々の同情をよび、「万葉集」にはその時の世の中の人、乙麻呂、若売と、三者の立場からよんだ三首一組の長歌が作られ、世に流布したが、乙麻呂自身の心情は「懐風藻」にのこされた悲痛な詩によってもしられる。「銜悲《がんひ》藻」という彼個人の詩集は、なくなってしまっているが、これがあれば、その心情は一層よく知られただろう。

一方の宅守と娘子の恋は、「万葉集」にあわせて六十三首もの歌をのこし、巻十五の半分をしめている。この歌群も当事者以外の創作者がいるという考えもあり、乙麻呂の悲恋の享受から考えると大いにあり得ることだが、そのまま本人たちの歌と考えても支障はない。娘子は斎宮寮《さいぐう》という神に奉仕する役所の官女で、神に仕える境遇の中から知った恋は、それだけ激しいものがあった。

君が行く道の長手をくり畳《たた》ね焼き滅ぼさむ天《あめ》の火もがも

狭野《さの》茅上娘子（巻十五、三七二四）

長い越前までの道をくるくると巻いて燃してしまう天の火がほしい、という一首である。天の火とは、人間の誤った裁判を訂正させる火のことであった。

父母を見れば尊し

「恋」の詩集の人々は、こうした「悲恋」に感動し、その物語を享受したのだが、それでは、一体「恋」とは何か。幾度も書いたように、これは相手を恋うのだから、求めるものであって、けっして与えるものではない。

これは、現代のわれわれのいう「愛」とは、いささか違うようである。世に母性愛が最高の愛だという。わが子の成長に惜しみなくおのれを与え、成長し自立することを念願するのであれば、それはやがておのれを離れてゆくことを目的とする愛である。求める愛ではない。その究極は、母として子としての愛ではなくて、もはや一個の人間としての、それぞれの愛の交換があるばかりのはずだ、と。

この図式によると、与える愛は最高のものであり、求める愛は最低のものである。最高の愛として、人類愛に生きること、これがキリスト教ないしキリスト教文化圏の教える愛である。現代のわれわれの倫理も、これに規制されようとしている。それでは万葉の愛は最低なのか。

しかし儒教では違う。君に忠、親に孝というそれはあくまでも自己を中軸としたものだし、兄弟、朋友というつねに自己との関係の中で友とか信とか悌とかという「愛」が位置づけられる。ついにおのれを空しくして与えることはない。これは、人間の本能としての感情の上に立った愛のすすめである。

ところが仏教ではまた違って、本能的な愛は愛苦という形で否定する。そこには仏の悲恋しか輝いていない。

おそらく現代日本人の混乱はこれらをいっしょくたに受け入れたところにあり、愛の不毛もそこに由来しているだろう。ところが万葉びとには、こういう混乱はなかった。のみならず、彼らのほとんどは、モラルとして愛を考えなかったのである。乙麻呂は愛の戦慄の中に土佐へ流されていった、などということはないのである。彼らには、愛はただ感情としてしかなかった。そこに恋が愛のすべてであり得た。むしろそのゆえに、彼らの愛には豊かさがあった。

しかし、こうした万葉びとの中で、たった一人、「愛」とは何かを考えた人間がいた。生涯に一首も恋歌を作らなかった儒学者国司、山上憶良がその人である。すでに「子等を思ふ歌」という、あの「爪食めば　子ども思ほゆ……」という歌をあげたが、彼は子に対して、「何処より　来りしものぞ」と問いかける。いかなる因縁によって、わが子として生まれて来たのか。子として生まれると、愛さずにはいられない。憶良はその感情を漢文の序文の中で、聖人の釈迦だってその子羅睺羅《らごら》を愛した、まして平凡な人間が子を愛するのは当然のことだ、と理解している。

しかし、このような「わが」子への愛は、否定されなければならない。現世の煩悩にすぎない。彼は同じ日に、これに先立って作った長歌の冒頭を、次のように始めている。

父母を　見れば尊し　妻子《めこ》見れば　愛《め》ぐし慈《うつく》し　世の中は　かくぞ理《ことわり》　もち鳥
の　かからはしもよ　行方知らねば……

山上憶良（巻五、八〇〇）

まさしく、儒教道徳的に愛すべき父母妻子、「わが」父母「わが」妻子への愛は世の人間の道理なのだが、しかしその情は行方も知らず深く、おのれにつきまとっている。それは、もちにかかった鳥のように煩わしいことだ、と彼は考える。

こうした煩悩ともいうべき愛の否定は、広く人間への絶望でもあったが、しかし彼ほど人間を愛したものもまた稀だっただろう。官命を帯びて都へのぼろうとして途中で死んだ、少年大伴熊凝《くまこり》への悲歌、同じく対馬へ兵糧を運ぶ船頭の役をかって出て遭難した志賀の荒雄への哀悼、そして筑紫の地で経験した、他人の幼児らしい古日の死への哀慟、また旅人の若き妻への挽歌、他人の死を契機として、これほど多くの愛を歌いあげた万葉歌人はいない。

彼の愛の否定は、「わが」煩悩の否定だったのであり、そのゆえに多くの愛を歌うことができた。一首もわが恋の歌を残さぬ歌人が、もっともすぐれた愛の省察者だったのである。

寝れど飽かぬを

多くの万葉びとが恋を悲しみ、憶良が愛に苦しんでいる一方、東国の原野の中に自然とともにあった万葉の民衆たちは、また別の彼らの恋を歌っていた。上野国の歌に、このようなものがある。

上毛野《かみつけの》安蘇《あそ》のま麻群《そむら》かき抱《むだ》き寝《ぬ》れど飽かぬを何《あ》どか吾《あ》がせむ

作者未詳（巻十四、三四〇四）

彼らの日々の労働は麻を栽培し、それを刈り入れて布をつくることにあった。収穫の時になると、太陽の匂いと土ぼこりにむせかえるような麻束を抱きかかえては運搬する。そのように恋人と抱きあって寝るというこの歌は、ひよわな悲恋の感傷など寄せつけないいたくましさがあるが、いかに性を交わしあっても、もう満足だとは思えない。一体、どうしたらいいのか。この歌は主語も相手もいっていないから、男女ともに歌い手となれる民謡だが、この強烈さが、彼らの恋であった。彼らは「愛」をこの「抱く」「寝る」という形でしか認めていなかった。お互いに求め合う以外の何物でもなかったのである。

しかして、いかに求めても求め得ぬ心が恋の心であろう。彼らは彼らなりに愛の永遠性に到着していた。これこそ愛《エロス》の本質ではないか。観念の不幸をすてよ、東びとはそういいたげである。

これは彼らがたしかに自然の中に、自然に生きていたからにちがいない。

梓弓《あづさゆみ》欲良《よら》の山べの繁《しげ》かくに妹ろを立ててさ寝処《ねど》払うも

作者未詳（巻十四、三四八九）

欲良の山はどこだか不明だが、その山の、木のおい茂った山べが彼らの愛の場所であった。男は草を払って横になる場所を作る。「繁かくに」というのは、愛の場所ができるまで繁みに立たせてということでもあるし、繁みの人目につかぬところに「さ寝処」を作ることでもある。細かい情景まで目に見えてくるようだが、そこでいざ寝ようとすると、

赤見山草根刈り除《そ》け逢はすがへ争ふ妹しあやに愛《かな》しも

作者未詳（巻十四、三四七九）

という。佐野市赤見山周辺の民謡だが、草を根まで刈りとり、寝場所を作る。そうして逢ったのに、その上でさからおうとする女がふしぎにいとしい、と歌うのである。そうした女の行為が男の心をかき立てる。それを「あやに」といった。だから彼らは

ただ動物的に交合を楽しんでいるのではない。そこにはちゃんと恋愛心理といったものがあって、それをいつわらずに肉体化しただけの話である。都会の歌は逢うまでのことについて、実に熱心に語る。逢えない嘆きを、愚痴にも似て歌う。それでいて、逢った後のことについては、途端に口を閉じてしまう。それが恋を陰湿にしてしまう理由である。

「東男に京女」というのは、はるかに時代のくだったことわざだが、東国の女はたくましい。

筑波嶺の嶺ろに霞ゐ過ぎがてに息づく君を率《ゐ》寝てやらさね

作者未詳（巻十四、三三八八）

男が嘆息まじりにうろうろしていて女の近くを立去ろうとしない。さりとて、はいって、来るわけでもない。まるで筑波山の頂にすっぽりかかって去ろうともしない霞のようだ。そういう男を見て、リーダー格の女が当の相手の女に「さあどっかへつれてって、寝ておやりよ」と声をかける。先にあげた蚕の桑を摘む場所、殿の米を舂《つ》く庭先などが女の労働の場所だ。真間の手児奈とよばれる女性も真間（千葉県市川市）で織物を作っていた手子《てこ》であろう。そういう場所も水汲み場も、すべて女性集団の働き場である。男はそこへやって来る。それを年かさの女がからかうのである。後の催馬楽《さいばら》にも「我が門を　とさんかうさん練る男　由《よし》こさるらしや」というのがある。門前をあちこちと練り歩いている男は、理由があるのだろうという歌で、情景は東歌とまったく同じである。

以上のように東歌は底抜けに明るい。これは彼らの愛の行為が人間の本然に根ざしていて、かつ表現するという行為においても、それが変わらなかったということだろう。形而上的な、複雑な思考はないが、この点で東歌は本当の性の文学の一つといえるように思う。

角のふくれにしぐひあひにけり

東歌が集団の歌謡である以上、そこには当然笑いがある。以上のものにもそれは感じられるが、「筑波嶺に雪かも降らる否《いな》をかも愛《かな》しき子ろが布《にの》干さるかも」という歌にしても、布を干す光景に対して「雪が降っているのかな」と突拍子もないことをいい出す。持統天皇の「春すぎて夏来たるらし」の歌でもわかるように、これは初夏の光景なのだから。そして「いや違うかな」という間《あい》の手を歌って「いや、あの子が布を干しているのさ」と、「あの子」のほしい男性集団は笑うのである。

しかし、この野づらの笑いに対して、都の人々の笑いは多少違う。戯れの歌については、いままでもいくつかをあげて来たが、巻十六は積極的に笑いの文学という意識をもって、歌を編集している。

その第一のものは、何種類かの物の名を一首の中によみ込む、いわゆる「数種物《くさぐさのもの》」の歌である。しかも即興であることがもてはやされたらしく、長意吉麻呂は、ある夜皆で酒を飲んでいる時、狐の声が聞こえて来て、それに食卓のものをとり合わせて歌をよめ、といわれている。先にも「あ」の音をそろえた歌をあげたように、彼はその名手だったようである。後世の「ヲコの者」であったのだろう。そうした人間が宮廷歌人であることが、当時の歌のあり方を語っているのだ。同じ宮廷歌人、高市黒人にも「一、二、三」という数字をあやつった歌があったが、意吉麻呂にも双六《すごろく》のさいころをよんだ歌があって、一から六までの数が歌いこまれている。

梨棗《なしなつめ》君《きび》に粟《あは》つぎ延《は》ふ葛《くず》の後も逢はむと葵《あふひ》花咲く

作者未詳（巻十六、三八三四）

作者は誰だかわからないが手のこんだ一首で、これは植物の名をよみ込めといわれて作ったものだろう。六つ植物がはいっている。ことに「粟《あは》」（逢は）「葵」（逢ふ日）は掛けことばになっていて、絶妙のできばえだった。

この一首は意味をなすところもあるが、物の名さえ入れればよいのなら、無意味でもよいことになりかねない（もちろん、その上になお意味を持つところが上々のできで、「古今集」などの「物名」の歌はそうなっているが）。そこまで極端になったのがナンセンス詩で、これも万葉にある。「心の著《つ》く所なき歌」がそれで、「万葉集」にのせられたものは、舎人《とねり》皇子がある時、一座のものにそれを命じ、懸賞金をかけたという。時に安倍子祖父《こおじ》という男が二首を作って賞金をせしめた。

吾妹子が額《ひたひ》に生《お》ふる双六《すごろく》の牡牛《ことひのうし》の鞍《くら》の上の瘡《かさ》

吾背子が犢鼻《たふさぎ》にする円石《つぶれいし》の吉野の山に氷魚《ひを》ぞさがれる
安倍子祖父（巻十六、三八三八・三八三九）

ナンセンスなのだから意味を探ることもナンセンスだが、何やら陰微なふしぎな歌である。わかったようでわからないところが賞金をせしめた理由なのであろう。先に戯書の「山上復有山」が漢詩によることをいったが、中国ではこうした謎語《めいご》がはやる。わが国でも天武天皇がある時「跡《あと》なし言《ごと》」を臣下に問い、やはり一人が賞金をもらったという。持統天皇と歌を贈答している志斐嫗《おうな》の「強語《しいがたり》」もこじつけ話で、白鳳朝の宮廷以来はやったらしい。先にも述べた「ヲコの者」の源流がこれである。この一団の人々も巫女同様本来は神につかえた人々で、神がたりや古代伝承を語った人たちである。「ここで会ったからここを『会津』という」といった、先にあげたような地名起源のこじつけは、まだ聖なる物語で、これがやがて「強語」になり、こじつけと認められる人間本位の時代になると、笑いの対象に落ちていくのである。

もう一つ相手へのからかいの歌も笑いの文学である。これも巻十六に多く、たとえば家持は吉田石麻呂《いわまろ》をからかう。彼は吉田宜《よろし》などと同族で朝鮮渡来の人だから、儒学道徳にこりかたまった学者だったらしい。身体が大変やせていたという。そこで「石麻呂よ、鰻《うなぎ》をとってはどうか、ふとるというから」といい、しかし「痩せていたって生きていればいいのだから、鰻をとろうとして川に落ちるな」といっている。そのほか、赤鼻、腋《わき》の下の多毛、色黒や色白、また僧侶の青々とした髯《ひげ》のそりあと、といったものがからかわれている。

それらにまじる次の一首はちょっと興味ぶかい。

妙《くは》しもの何処《いづく》飽《あ》かじを尺度《さかと》らが角のふくれにしぐひあひにけり
児部女王《こべのおおきみ》（巻十六、三八二一）

歌につけられた注によると、尺度某という美女がいた。彼女は身分高くハンサムな青年の求婚をしりぞけ、下賤で角のふくれたような醜《ぶ》男と関係した。そこで女王はこの歌を作って、「かの愚を嗤笑《わら》へり」という。

女王が信じて疑わなかった、ハンサム貴公子との結婚の価値は、はたして正しいのか。下っぱ醜男との結婚は、はたして「愚」で、「笑」われるべきものなのか。世の女性諸嬢の意見を聞いてみなければならないにしても、どうやらもっとも大切な人間の心を無視したところにでて来たこの嘲笑に、東歌と正反対の、都の貴族の精神構造がありそうな気がする。これが両者の愛の相違と固く結びあっているのにちがいない。

知らにと妹は待ちつつあらむ

すべて生き物とは愛して死ぬもののことだといっても、それほどの誤りはおかしていないだろう。生涯とは愛して死ぬことだ。それほどに人間にとって、この両者は普遍のことがらだし、死は愛を激しくし、愛は死を悲しませる形で、不可分のものでもある。愛と並んで、死が万葉びとにとっても重大な事象であったことは、当然である。

先に愛をめぐる歌物語が多く語られたことをいったが、死の物語もまた同様であったらしい。「万葉集」の古い巻々が人麻呂を境としておわっていることはすでに述べたが、それは、人麻呂の作品でおわるというだけではなくて、人麻呂自身の死の歌まで添えられている。石見の国で死のうとした時、自ら傷んで作った歌、人麻呂が死んだ時に妻の依羅娘子《よさみ》の作った歌、さらに丹比《たじひ》某が人麻呂に代わって娘子に答えた歌と。この歌群には異伝の歌、依羅娘子の歌として伝えられながら内容の違った歌まで加えられている。

これは正常ではない。このあたりの巻二の編集は、挽歌のはじめとおわりに「自ら傷む歌」を追加してできており、この部分は後の作品でもある。すべては人麻呂の「死の物語」として、後の時代にうたわれた歌なのだ。人麻呂は中世になると全国的な信仰をえるようになり、中世の歌人は人麻呂の肖像をかかげて歌や連歌を作った。庶民の中に浸透していくと「柿本寺《しほんじ》」や「人丸神社《ひとまる》」が作られ、ご利益も一段とあらたかに、「人生《う》まる」(安産)「火止まる」(防火)の神様となる。これらの中で人麻呂伝説はとてつもなく肥大していくが、そのそもそもの要素は「古今集」で彼を「歌のひじり」とし「正三位」まで勝手におくってしまったところにある。そしてさらにさかのぼれば、伝説化は「万葉集」自体の中にもある。それがここに顔を出すのである。

人麻呂物語の一節に〝石見の章〟とでもいうべきものがあったか、石見から妻と別れて上りくる時の歌がその機縁になったか、あるいはこれもその物語にふくまれるのか、それらはすべて興味深いなぞであるが、この現地における物語の採集者も、のちの石見守麻田陽春《やす》か因幡守大伴家持か、先にのべた歌がたりの徒が家持に伝えたか、不明である。いずれにしろ奈良朝の文人が巻二のここに追加したと思われる。
人麻呂の死の伝承は三とおり、それぞれ別の伝承があった。

鴨山の岩根しまける我をかも知らにと妹は待ちつつあらむ
柿本人麻呂（巻二、二二三）

これは山中に没したという伝承の中の主人公人麻呂の作である。磐姫物語にかよう口ぶりは、創作物語歌のつねである。これに対して依羅娘子の「今日今日と我が待つ君は石川の貝にまじりてありといはずやも」は石川の水辺に没した物語の歌だ。編集者が右の歌と一連と考えるためには「貝」は「峡《かい》」でなければならない。この変化によって自由に組合わせをかえるのも歌がたりの得意とするところである。そして第三は原野に死んだとする伝承。これが「天ざかる夷《ひな》の荒野に君を置きて思ひつつあれば生けりともなし」という「或本の歌」である。この歌も人麻呂の軽の妻の死をいたんだ歌の口ぶりを大きくかりて作られている。先の歌とひとしく、歌がたりの徒の手法である。丹比某がきいたのは第二の伝承だった。彼は聞き手なのだが、語り手と聞き手との未分なのが、こうした古代文芸の特色である。彼は追和の一首を作って人麻呂物語は新たな一首を加えることとなった。

そして、死について、何を語ってもよいのに、行路の死と待つ妻というモチーフが語られたのは、いうまでもなく、人麻呂の作に、それが大きな主題となっていたからである。水死の歌のもとになっただろう狭岑《さみね》島の長歌および反歌については、すでにあげたとおり、妻のいないことが悲しまれていたが、ほかにも香具山のほとりに死者を見て、人麻呂は、

草枕旅のやどりに誰が夫《つま》か国忘れたる家待たまくに

柿本人麻呂（巻三、四二六）

とうたっている。行路死者と家の妻、この人麻呂歌のモチーフが、伝承の型を決定したものだった。

歌がたりは語り手にのみまかされているのではない。聞き手との共同作業で作られていくのだから、これは人麻呂のみならず、当時の人々に広く共通する死の悲しみの一つだったのである。

咲く花の散りぬるごとき

こうして「死の物語」に涙した万葉びとにとって、一体死とはどのようなものだったのか。人麻呂は何物も視覚化せずにはいられなかった詩人だから、妻の死を「陽炎《かぎろひ》の　燃ゆる荒野に　白妙の　天領巾《あまひれ》がくり」といっている。天上に領巾を想像し、その中に包まれて姿を没するのが死だと、いうのだった。地上にもえる陽炎、天上にはためく白妙の領巾、この凄絶なすがたが、彼にとっての〝死〟だったのである。

それにくらべると、山上憶良は、もっとリアルである。古日という幼子の死をのべた挽歌はもっとも傑出した万葉の歌のひとつだが、「漸々《やくやく》に　形崩《くづ》ほり　朝々《あさなさな》　言ふことやみ　玉きはる　命絶えぬれ」という。長歌の前半には、親に向かって「さあ寝よう」とか、「両親の間に寝たい」とかというこどものことばがあって、これが「言ふことやみ」に実感を与えているが、そのように親にたわむれ、手を握って来る生命の形、それがいま「形崩ほり」うせていく。憶良は旅人の妻の死に対しても「形」のなくなったことをいっており、憶良にとっての死とは、この形の喪失であった。

対して家持はどうか。若き日に遭遇した安積《あさか》皇子（聖武の皇子、十七歳で薨去）の死をいかにも感傷的に嘆いて、

あしひきの山さへ光り咲く花の散りぬるごときわが大君かも

大伴家持（巻三、四七七）

と反歌をうたっている。若い皇子の輝きと、その死のもたらす空虚感とが、「咲く花の散りぬるごとき」印象をあたえたのであろう。感傷的に美しくさえあるこの落花が、若き家持における死であった。

死をたしかに認めながら、なお死者を求めようとするのは、古今その情に変わりがない。先にあげた十市皇女の死に、高市皇子は、「山吹の立ちよそひたる山清水汲みにゆかめど道の知らなく」という一首もよんでいる。この山清水は西方からシルク

ロードを伝わってわが国にはいって来た伝説の、生命復活の泉のことで、そこへ道がわかれば、皇女をよみがえらせることができようのに、という嘆きの一首である。山吹の花にかざられている泉のイメージはさながらに皇女のそれでもあったが、高市はこのように生命の復活を願ったのだった。

河内王《かわち》は不幸にも豊前に没した。その鏡山が墓所と定められ、墳墓の中におさめられたが、それに対して手持女王《たもち》は「岩戸破る手力《いはとわたぢから》もがも手弱き女《た》にしあれば術《すべ》の知らなく」と嘆く。わたしは手弱女だが、墳墓の石の戸を破って王に逢いたいと願うのである。右の高市同様、けっきょくは「知らなく」と嘆くのが死の悲しみであろうが、なおそれをこえて死者を求めようとするのが手持女王の願望であった。

人麻呂も同じ願望をもつ。

島の宮勾《まがり》の池の放ち鳥人目に恋ひて池に潜《かづ》かず

柿本人麻呂（巻二、一七〇）

草壁皇子（天武・持統の子）が、薨じた時の人麻呂の挽歌の反歌で、「或る本」にのせられていたものである。だから人麻呂の作かどうか、まったくは確実でないが、ほぼ人麻呂の作にちがいない。ここで歌われているのは皇子の住んだ島の宮の勾の池に放し飼いにされていた水鳥で、それが、姿を消した皇子を見たいと思って、水にもぐらない、という一首である。

それは人麻呂自身の気持で、水鳥には関係がないかもしれない。しかしなお池に浮く水鳥の中に心の投影を見、たしかに幻視する精神、そこに常凡の詩人をよせつけない彼の詩魂があった。

しかしついに死者は消える。そこで人々は形あるものの中に死者を見つづけようとする。人麻呂は明日香皇女の死をいたむ長歌の中で、御名にかけた明日香川を万代の後までのいとしきものとし、これを形見かといっている。伝統的に、その名の永遠をいうことが、死の儀礼の一つでもあった。

これに先立つ歌だが、最愛の弟大津皇子を失った姉、大来《おおく》皇女は、屍が二上山に移し葬られるのを見て、

うつそみの人にある我や明日よりは二上山を弟《いろせ》とわが見む

大来皇女（巻二、一六五）

とうたっている。上の句はこえがたい生と死の現実を確認した悲しい前提で、せめてもの形見として二上山をみつめるのである。時すでに父天武も、母太田皇女（天智の皇女）もいない。わが身は十余年奉仕した伊勢の斎宮の職をとかれて、なつかしの大和に帰って来たところだった。

山上憶良は旅人の妻の死に際して、まだ涙も乾かないのに、彼女の見た楝《あうち》の花（せんだん）が散ろうとしていると嘆いている。せめてものよすがが楝の花であった。

こうした死の悲哀は、大伴家持の歌の中にも見てとることができる。天平十一年（七三九）、家持は「妾」とよぶ女性をうしなっている。家持が二十二、三歳のころで、どのような女性だったかはよくわからないが、彼の最初の妻だったのであろう。そのとき、家持は、

秋さらば見つつ思《しの》へと妹が植ゑし屋戸の石竹《なでしこ》咲きにけるかも

大伴家持（巻三、四六四）

という一首を作っている。すべてで十二首を、季節のうつるのにまかせてよんだ内の一首である。この石竹は生前、妹が家持の家に植えて、わたしのよすがにしてほしいといった植物であった。その時には、妹はわが死を予期していなかったかもしれない。生きている者どうしで、形見をかわし合うのが当時の習慣だったから、これもその一つかもしれないのだが、今妹が死んでみると、この石竹は死者の形見となった。そして妹のことばは、花にまつわる遺言となった。

今、そのことばどおりに、石竹は可憐な花を開く。せめてものよすがであったはずの花は、死者の影を濃くとどめて美しいのだった。むしろそれは、残酷な美しさというべきであったかもしれない。

しかし死は、自然を人間がいかに思いみようとも、そうした人間の自慰を笑うかのように冷酷である。死は愛より強いのであろうか。

美の永遠

山川の瀬の鳴るなへに

すでに多く語って来たように、この多様なる「万葉集」のあり方は、さまざまな美しさを展開している。風土、時代、階層、場などの違いは、それなりの違った美を作品にあたえるはずである。

「万葉集」の、ことに初期の作品をよむ時に、よくわれわれの感じるものは、一つの不可思議な、いいがたい力のようなもの、ある割り切りがたさの胸にのこる想いではあるまいか。

ありつつも君をば待たむうち靡《なび》くわが黒髪に霜の置くまでに

磐《いわの》姫《ひめ》皇后（巻二、八七）

　これは磐姫が夫の仁徳天皇をしたって作った四首とされる内の第三首目である。先にあげた「君が行き日《け》長くなりぬ」は第一首であった。そこでも述べたように、仁徳は古代の英主と目され、前代の力強い王者であったが、それをしたう磐姫も十分に英雄時代の女性たる面影をもった、はげしい皇后である。いまとりあげている四首も連関して古代の一女性の心理を物語っている。第一首は夫をしたって「出かけていこうか、待っていようか」と歌い、第二首ではこの二つの場合をうけて、待ち恋しているよりは出かけていって「磐根しまきて死なましものを」と歌う。しかし「まし」というのは、かりにそう念願するだけで、実際はできない。そこで第三首では「やはり待とう、黒髪に霜がおくまででも」と歌う。ここまでで、一応心理は決意の中に落着し、第四首は抒情的に「田の上にたまる霧のように、わが恋は晴れない」とつぶやく。

　右はそうした一連の一首だが、私を驚かすのは「わが黒髪に霜の置くまでに」、白髪になろうとも君を待とうといっているところである。古来、黒髪は女性の美の代表と考えられて来た。だから白髪になるとは、すでに女性の美の消滅した老残のすがたである。多くの女性を愛した仁徳が、かりに帰って来たとしても、白髪の老婆を愛するはずはない。にもかかわらず、待ちつづけるのだという激情の執念、それが一首を鬼気せまるものにしている。第二首の「死なましものを」のはげしさも同じである。

王朝女性がうちひしがれてなげく、怨念のような繊細さのみじんもない、このすさまじさは、古代歌謡からうけついだ、「万葉集」のふしぎな迫力である。

これは心理のあり方においてであったが、

あしひきの山川の瀬の鳴るなへに弓月《ゆつき》が嶽《たけ》に雲立ち渡る

作者未詳（巻七、一〇八八）

という歌は、情景の把握において、それが感じられる。人麻呂歌集の中の一首で、ふつう人麻呂の作だと考えられる歌である。私もそう思う。一首は、山川の浅瀬に水がはげしく音をまして来る、それと共に弓月が嶽の山頂に黒雲が立ちつづけるという意味で、驟雨《しゅうう》いたらんとする前の、緊迫した情景を耳と目にとらえたものである。

すでにこの歌のこのようなとらえ方による評価は高く、人麻呂については渾沌《こんとん》とした美が論じられて来た。そのとおりに名状しがたい迫力がこの歌の美しさであろう。

この歌の渾沌さは、理屈をこえて直覚的にうったえて来る表現方法にも、やどっているのだろう。上と下とがまったく対等で、間を「なへに」（ともに、の意味）でつなぐ。そしてこのような方法は、たとえば「近江路の鳥籠《とこ》の山なるいさや川日《け》のこのごろは恋ひつつもあらむ」といった古い歌など一層そうで、万葉調のひとつである。上の景物が下の心のたとえになっているのだが、その二つがまったく無説明に並べられるだけである。こうした説明のなさ、感情にだけうったえようとする方法は、「万葉集」の渾沌さを作り上げるひとつであろう。論理を重視しない点では「新古今集」なども似ているが、それを区別するのが、先ほどの「力」である。渾沌はそこに生まれる。

だから、大変近代的なようでいて、家持の例の「うらうらに照れる春日にひばりあがり心悲しもひとりし思へば」も、この論理の超越は、渾沌といえるかもしれない。感情は繊細だし、力はないが、論理をすてたのではなくて論理以前にあるこの直覚は、やはり万葉ふうのものであろうと思う。

論理的に律し切れないものの持つ深さ、それが、われわれを魅きつける「万葉集」

の魅力のひとつである。家持が突如としておちいる孤独な鬱情《うつ》の中にも、古代はひそんでいたのかもしれない。

清き瀬に千鳥妻よび

事物の中に神をみとめる点に、万葉びとが古代をつよく背負っていたことは、いくどかふれたとおりである。むしろ歌が、神への言上でさえあった場合もある。ことばが神かけたものであった彼らにとって、神秘な感動が表現となって現われることは、当然であろう。

すでに赤人の富士山の歌における「真白にぞ」の中に畏怖と一体になった美のあることを述べたが、

聞きしごとまこと貴く奇《くす》しくも神さびをるかこれの水島

長田王（巻三、二四五）

のように、旅先の風光に神秘の感動をもつことは、多かった。この歌など水島の描写は一切なくて、「貴し」「奇し」「神さぶ」（神々しい）と三つのことばを重ねるもので、読者は、そういうものとして水島を見る以外にないほどである。

そして万葉びとは、この神的なものを「清し」と表現している。聖なるものは清であった。邪悪なものは「けがれ」であり、それはみそぎ、はらえによって落とされなければならないとするのが、彼らの倫理である。

したがって赤人の「真白にぞ」のように、神々しい聖なるものが美である。彼らにとっては、清らかなものが、美であった。

清き瀬に千鳥妻よび山の際《ま》に霞立つらむ神奈備の里

作者未詳（巻七、一一二五）

「故郷を思ふ」と題されたもので、奈良朝の人間が、明日香の故郷をしのんだものだ。その思慕の中に、明日香は千鳥鳴く明日香川の清流と、霞こめる神奈備山との風姿をもって現われて来る。神奈備も神のいます山で、この聖なるものの清き姿において、明日香は美しいのだった。

この美しさは、神を信ずる、濁りを持たない清にある。神かけていのる呪歌、たとえば先にも天智天皇の危篤の時の大后の歌をあげたが、死にたえようとしている命に対して、「御命は天空にみちみちている」と断言する歌の、この信ずることの一途《いちず》さが、先の歌でいえば「貴く奇しく神さび」ているということばになり、右の歌でいえば「清し」となるのだろう。ふつうに考えれば「清し」というのは美で「貴し」といえば畏怖のように思えるのだが、貴いことも清らかなことも、畏怖であり美であったのが、「万葉集」の美学の構造である。

天智天皇の崩御後、倭大后は次のような歌を作っている。

鯨魚《いさな》とり　近江の海を　沖離《さ》けて　漕ぎ来る船　辺《へ》つきて　漕ぎ来る船　沖つ櫂《かい》
いたくな撥《は》ねそ　辺つ櫂　いたくな撥ねそ　若草の　夫《つま》の　思ふ鳥翔《た》つ

倭大后（第二、一五三）

形も単純で、つぎつぎと前のものをうけながら次へと展開していく述べ方も抵抗を感じさせない。だからわれわれは意図するところの、楷《かい》を荒々しくこぐなという願望をすぐに了解することができる。けっして複雑に技巧的でも、豪華に修飾的でもない、直情の詩は、右のことばでいえば、清らかな詩だといえるだろう。

そこで、この願望はなぜかというと、「若草の　夫の　思ふ鳥翔つ」からだという。夫天智の愛している鳥がとび立ってしまうから、と。「思ふ鳥」といっているところを見ると、亡き天皇はいまもなお鳥を愛しているのであり、生前に愛した、夫の形見の鳥というのではなさそうである。

鳥は霊魂を運ぶものだから、「古事記」で軽太子《かるのみこ》は鳥にことばをかけよ、といい、倭建命は死して白鳥となった。これによると、いまの鳥も天皇の霊魂のやどったものであり、愛する天皇の生をまだ信ずれば、天皇の魂と相呼応している鳥なのである。

その鳥がとび立たないように楷よゆっくり漕げというのがこの歌であった。この鳥を信ずる情が、一首の清らかさを、おのずからに決定しているのではないか。この歌はまだ殯《もがり》の儀礼が行なわれている途中、墳墓にほおむって死の決定しない前の作である。

次の天武天皇の亡くなった時の呪歌にしても、意味のとりにくい、妙にマジカルな歌がある。その方がよほど神秘感を持っていて、その深い世界にわれわれがひきずられていくのもたしかだけれども、それが個人の感動にすすみ、詠嘆された歌には、さらに美としての神秘感が作り出されていると思われる。

松浦川川の瀬光り

神を見るまなざし――「万葉集」が浪漫的な美にみちているというのも、まちがった印象ではない。先に述べたような論理にかかわることの少なさも、神との対話の中に包まれていたことも、これと関係のあることだろう。

彼らは何よりも生命を放出して歌う。よくいわれることだが、「古今集」では「おもふ」ということばが多くつかわれる。「もの思ひ」「待つ思ひ」などというように。それに対して「万葉集」は「こふ」という。「こふ」については何度も書いて来たとおり、相手を求めるのだから、内省的に心の中で「思ひ」に沈むのとは、運動の方向がまるで逆である。しかも「こふ」というのが眼前にいない恋人に対して、その魂の出現を願うという、超越的な行為である。

彼らは求めてやまない。家持に二十四首の歌をおくった笠女郎も、はげしく恋の命を燃やした女性であった。

あひ思はぬ人を思ふは大寺の餓鬼《がき》の後方《しりへ》に額《ぬか》づくごとし

笠女郎（巻四、六〇八）

自分を思ってくれない家持をしたうのは、寺にある餓鬼の像を、しかも後からおがむようなものだという。いささか突飛なこの歌がよまれるのは、けっして虚無的な自嘲などではない。なぜなら餓鬼にたとえられてしまったのは家持なのだから。現実のいかんにかかわらず、このような命の放出をこころみてやまないのが、万葉びとたちである。

その感情も、けっして穏やかに調和的ではない。笠女郎の歌には、ほかにも「皆人を寝よとの鐘は撞《つ》くなれど君をし思へば寝《い》ねがてぬかも」というのがある。殷《いん》々と夜空にひびく鐘の音と、悶《もん》々と恋の心にたぎっている女性の姿とを想像してみると、この構図は驚くほどエネルギッシュである。相手が通ってこられぬなら、朝こちらから出かけようというのが但馬皇女であり、長い道のりをすべて焼いてしまいたいと歌うのが狭野茅上娘子であった。

人麻呂も石見の妻と別れてのぼって来た時には、妹を見るために、「靡けこの山」と叫んでいる。虫麻呂は菟原処女《うないおとめ》を争った二人の男の話を長歌に作っており、この男の描写として、

……智奴男《ちぬ》　菟原男の　伏屋焼《ふせやた》き　すすし競《きほ》ひ　あひ呼ばひ　しける時には　焼太刀の　手頭《たがみ》おし練り　白真弓　靫《ゆき》とり負ひて　水に入り　火にも入らむと　立ち向かひ　競ひし時に……
後《おく》れたる　菟原男い　天仰ぎ　叫びおらび　地に伏し　きかみ建びて　もころ男に　負けてはあらじと　懸佩《かけはき》の　小太刀とり佩き　冬薯蕷葛《ところづら》　尋《と》めゆきければ
……

高橋虫麻呂（巻九、一八〇九）

のように描く。このはげしさは、恋愛における「こひ」のはげしさと同様に、万葉時

代がまだまだ社会の束縛や不幸を持たなかったところから出て来た、浪漫性であろう。

この歌が伝説という非現実の世界の歌であるように、現実にくぐもっていない歌も多い。いくどかふれて来た大伴旅人の、松浦川の歌もその一つと考えてよい。彼は、本当は誰もいないかもしれない、あるいはいたとしても、鄙《ひな》のおとめしかいない松浦川の玉島の潭《ふち》で、神仙の女に逢い、歌の贈答をしたという。少女はたぐいもない美女、柳のような眉と桃の花のような頬をした、みやびやかな女性である。おまけに女性は「いまよりのち、あに、偕老《かいろう》ならざるべけんや」とプロポーズして来る。旅人も「わかりました。御命令をうけましょう」と答える。

この趣向はまったく「遊仙窟」まがいだ。「遊仙窟」というのは、初唐のころ張文成という人物の書いた空想小説で、時の則天武后にたてまつって女帝をよろこばせたという俗説があるほど、卑わいな書物である。モデルは遊廓だといわれるほどだが、ストーリーは張という男が川をのぼり仙境にいたって美女と一夜をともにして歓をつくすというものである。旅人はこれをこの地で空想し、それになぞらえたのだろう。中国に昔から伝えられる仙女の物語も連想している。

歌は贈答をくり返す形でつづき、最後にさらに旅人自身の追和の歌までそえている。

旅人はこれを作ったのと同じ大宰府で「酒を讃《ほ》むる歌」十三首を作る。すでにその中の一首はあげたが、現実の秩序の中にある「賢《さかし》」を否定して酒の世界に遊ぼうとしている。こうした態度の中で、彼の空想の世界が展開していくのであって、現実にひしがれた精神がもう一つの創造をなしたものが松浦川の歌であった。

松浦川川の瀬光り鮎釣ると立たせる妹が裳の裾ぬれぬ

大伴旅人（巻五、八五五）

松浦川の世界は、こうしたものを一つとして展開したロマンである。

咲く花のにほふがごとく

この少女がきらめく川瀬の中で裳を濡らしながら美しかったように、幻想の中で色彩は華麗である。旅人ばかりではなくて、先にもあげた高橋虫麻呂の河内の大橋をひとり行く少女を見て作った歌も、そうであった。

家持が桃の下の少女をよんだのも美しい幻想であったが、その翌日も芽をはった柳を手にすると都の大路が頭に浮かんでくる。旅人は大宰府に降りしく雪を見ると、都のさまが思われてならなかった。一枝の柳、雪にとざされた風景、そうした集中と環境の閉塞の中に、かえって豊かに展開するのが都の風景だった。それを小野老《おゆ》は

あをによし奈良の都は咲く花のにほふがごとく今盛りなり

小野老（巻三、三二八）

とよんでいる。彼は大宰の少弐《しように》、次席の二等官である。この有名な歌も、遠い大宰府で幻想されたものであった。

咲く花のにおうように美しい奈良、この華麗な色彩が幻想の色どりである。これは天平文化の爛熟のもたらしたもので、五位以上の者の瓦葺き、赤と白に塗った邸宅のつらなる光景は、文字どおり、におう花のようだったろう。

家持の「春の苑」の歌は、よく正倉院の鳥毛立女屏風に比較されるが、私も異論はない。あのように豊頰で花のような女性が天平の美女であった。そして、この屏風が

有名なわりには、ああした女性像に仏像画のスタイルの影響があることはあまり知られていないが、そのように、これも当時の絢爛《けんらん》とした仏教文化の中にあった図柄である。東大寺の大仏建立に象徴されるような文化が奈良の都にあり、それを反映したのが家持の春苑の歌であった。旅人も家持もそして老も、これを幻想の中によむことによって、「万葉集」は華麗な美を添えることになったのだった。

しかし、幻想の華麗さは、現実の色が存外単調だったのではないか、という想像をひき起こす。事実、色として万葉びとの歌ったことばは、赤と青、後期になると緑があり、黄は先にあげた「怕《おそろ》しき物の歌」に一つ見えるだけである。むろん、白や黒はある。

だが、これだけの色があれば十分で、彼らは中世の水墨画のような趣味を持っていたわけではない。すでに秋の景物の中でふれたように、巻十などの景物の分類には「黄葉」が大変多く登場してくるし、もっと古くは額田も黄葉を賞美し、人麻呂も、吉野に出かけた大宮人たちが、「秋立てば　黄葉かざ」す姿を歌っている。奈良朝の大宮人も時雨によって黄葉する春日や高円の山をいとしんだ。

巻十はこれら奈良朝の官人や一般民衆の歌と思われるが、その中には、次のような一首がある。

春は萌え夏は緑に紅《くれなゐ》のまだらに見ゆる秋の山かも

作者未詳（巻十、二一七七）

「山を詠む」と分類されたたった一首の歌だが、大半が「黄葉」と書かれるもみじに「紅のまだらに見ゆる」と「紅」といっている点も注意されるもので、黄葉のみならず紅葉まで、彼らの嗜好の中にあったことがわかる。そして「萌え」る新芽の色から緑、紅という色彩のうつりかわりに美を感じていて、はなやかな彼らの感覚を物語る歌となっている。

しかし、これが山の自然の色どりであることも、重大な一面であって、奈良の都の極彩色に対して、より多くの人々は自然の示すおのずからの美の中に生活していたようである。

彼らは衣を自然の植物でそめる。その摺《す》りぞめの衣は「紅の衣」「橡《つるばみ》の衣」「桃ぞめ衣」等々おびただしくあらわれ、灰汁《あく》をつかって染める中国伝来の「紫ぞめ」もあるし、「赤帛の純裏衣《ぎぬひたうら》」などという高級品もある。薄染・濃染《と》という変化も知っていた。朝鮮舶来の「高麗錦《こま》」も着用しているから、すべてが自然のそめものではないにしても、彼らの晴着は、せいぜい、

鴨頭草《つきくさ》に衣ぞ染むる君がため色どり衣摺らむと思ひて

作者未詳（巻七、一二五五）

ていどである。それにしてもこの歌「臨時」と題されており「君」が晴着をきる時の歌であろう。その晴着として色どり衣をそめるというところに、いじらしい女心がある。

ふりかえってみると、大量に中国文化を受け入れた当時、その系統の、都や、渡来人の多かった河内などをいろどった多彩な世界と、在来の自然な色彩の中の世界と、この両者が見せる美を「万葉集」は持っていたことになる。もちろんそれらは矛盾しあうものではなく、おのずからに調和して万葉世界の美をかたち作っている。

音のかそけきこの夕かも

この中国ふう文化が浸透した天平時代になると、先にあげたような聖なる美、未分化の力の美といったものは、影をひそめてゆく。「みやび」がこれにかわるのだが、「鄙《ひな》ぶ」に対して「宮ぶ」＝都会ふうだということは、いちはやく都が文化の中心になり、地方が区別されたことを意味している。山上憶良は筑前の国司としてあった時「天ざかる鄙に五年住まひつつ都の風俗《てぶり》忘らえにけり」と歌っている。「都の風俗」が「みやび」として価値をもったのである。

その時期は早い。人麻呂などは「丈夫《ますらを》」といっているが、八世紀のはじめごろと思われる、大伴田主《たぬし》と石川女郎《いらつめ》との贈答では「風流士《みやびを》」が価値あるものとして登場する。面白いことに人麻呂は「丈夫」だのに恋に泣くといい、石川女郎は、わたしの恋を理解しないのは風流士ではない、といっている。丈夫において否定されたものが、風流士における価値であった。

天平八年（七三六）、葛井広成《ふじいのひろなり》の家で、もし集まった人々の中に「風流意気の士」

があれば歌をよめ、といわれてよんだ歌は、当然「みやび」な歌でなければならないが、

わが屋戸《やど》の梅咲きたりと告《つ》げやらば来とふに似たり散りぬともよし

作者未詳（巻六、一〇一一）

である。風流士は、あらかさまに「来てくれ」などとはいわない。「梅が咲きましたよ」というだけだが、さりとてそういうのもためらわれる。そう思うだけで、梅は散ってもよい——複雑だが、よくわかるこれが、「みやび」の心であった。かつ歌の姿は「古体に和せ」という要求がある。ゆかしさもみやびには必要なのである。あまりに当世ふうなのは、いつの時代でも「風流」ではないのである。

いわば、このような優美が天平の歌の美であった。それは歌の姿の上にも、種々あらわれてくるはずだ。たとえば山部赤人という歌人は、こうした優美を一身に負っていた人間であった。「和歌の浦に潮みち来れば潟《かた》を無み葦辺《あしべ》をさして鶴《たづ》鳴きわたる」という歌も、先に示したような高市黒人の同想の歌とくらべると、この日本画ふうな

素材や、鶴がとんでいながら、時間の経過を感じさせない静止感などは、そのまま平安時代の和歌につらなっていく美しさを持っているだろう。いや「古今集」の読み人しらずなどよりは、むしろ新しくさえあろう。

この静止感は、ことばをかえれば破綻のなさ、文字どおり浪漫的ではない古典主義的なあり方でもあると思うが、それほどに彼の構図には乱れがない。吉野の歌も冒頭に「吉野の宮は」と主題をあげ、対句的に山川、山川と叙述を重ねてゆくが、その山と川をそれぞれの主題として二首の反歌がそえられる。だから、第一反歌の

み吉野の象山《きさやま》の間の木末《こぬれ》にはここだも騒く鳥の声かも

山部赤人（巻六、九二四）

は山の景で、かつ、つぎの夜の短歌に対する朝の歌である。ももどりのさえずりを耳にした払暁《ふつぎよう》の心情で、「の」を重ねて「木末」にいたり、そこに詠嘆を発する均斉の姿の一首である。

この赤人の歌風を仰ぎ、自分なりの詩境を開拓したのが大伴家持であった。しか

し、赤人に学んで、さらにそれを一歩ぬきん出ることのできた点は、赤人より、よりいっそう繊細な美の世界を彼が構築しえたことであろう。

家持の歌はいままでにも多くをあげて来た。処女作に生涯の作風は遺憾《いかん》なく発揮されていたし、越中の風土はとぎすましたようなきびしさをもって、彼の感覚をみがいた。風土だけではなく、その地にあること、青年の身であったこと、そして政治的な境遇といったものが、これに参加しただろう。

わが屋戸《やど》のいささ群竹《むらたけ》吹く風の音のかそけきこの夕《ゆふべ》かも

大伴家持（巻十九、四二九一）

勝宝五年（七五三）、すでに都にかえってからの作だが、「うららに」の二日前の歌である。僅かの群竹、そこに吹く風、その夕まぐれ。まるで秋の歌のようだが、これは春、陽暦に直すと四月五日の作なのである。

この繊細な美感は、天平人に共通するものであったにしても、これほどの美を造形した詩人はどこにも見当らない。ここにいたって、「みやび」の美は極に達したといえるだろう。

四支動かず百節皆疼き

しかし、天平の歌人家持は、おそらくこれを創作しようとして作ったのではないだろう。「興に依りて作」ったというのは、感興のおもむくままに歌ったのであって、その時の心情をそのままのべたものと思われる。これは先ほどからあげているフィクションの歌にしても、そういう幻想を持ち、それをよんだということであって、まったく無縁の虚構をしたのではない。「万葉集」にはそういう意味で、芸人はいても作家はいなかった。和歌における虚構とは、そういうものだといってもよい。

たとえば、また「新古今集」を引合いに出すと、藤原定家などは美そのものをせめ抜いて、完結点にたどりついた時には、もう自身は美の司祭者になってしまっているのではないか。現実は彼の生身に働きかけ、そこに美への出発点は作っても、でき上がったものは、もはや現実の制約を受ける世界から離れている。ところが家持がいかに繊細に優美の極致を歌っても、それはおのれを切り刻んだものであった。

その点において、万葉の美は狭いかもしれない。しかしどのようにさまざまな美をもとうとも、ついにそれは作者自身を離れてはいないという切迫の美しさは、強固に持っていると思われる。たとえば、

梅が枝《え》に鳴きてうつろふ鶯《うぐひす》の羽白妙に沫雪《あわゆき》ぞ降る

作者未詳（巻十、一八四〇）

は「万葉集」でも、もっとも新しい歌で、そのまま「古今集」にも通用しそうな歌だが、梅の枝の鶯、それをおおう白妙の雪は、見事なとり合わせである。これがもし「古今集」で通用するとしたら、この取合わせにあろう。古くからいわれた、王朝の調和美という、それである。王朝の人々にとっては調和が美であり、その意味で彼らは古典主義者だった。しかし「万葉集」にこうした歌はきわめて少ないのであって、鶯は鶯単独で美しかった。そのときにそう歌うのが彼らであって、たとえば梅と鶯の構図の中に自然を変形しようとはしない。自然が芸術を模倣することはなかった。「万葉集」が真実の美しさをもつというのは、どのように優美が進んでも、この歌集

の基本であった。

　はたして真実は美しいのか。そのもっともいい例が防人の歌であろう。いかに好まざる課役とはいえ、一方に「今日よりは顧りみなくて大君の醜の御楯と出で立つ我は」という歌を作る人間もいる情況の中で、この歌はまったく例外ではあるにしても、ほとんどの防人たちが別離の悲しみをいつわらないというのは、やはり美しい。中には、

ふたほがみ悪しけ人なりあたゆまひ我がする時に防人に指《さ》す
大伴部広成（巻二十、四三八二）

とまでいう防人がいる。「ふたほがみ」「あたゆまひ」（熱病という説がある）というのがわからぬことばだが、こういい切れるところに、感動しないわけにはいかない。

　こうした真実の美とでもいったようなものを考えていく時に思い当たるのは、やはり山上憶良である。彼が六十九歳以後、現世の苦悩を歌ったことは、多くかたってきたが、愛、無常、病、死と多いその題材の中で、老もいくつかの歌や詩文の中でうっ

たえている。その中の一つ、「世間《よのなか》の住《とど》まり難きを哀《あはれ》ぶ歌」という長歌の中では、女、男それぞれの青春を克明にえがいた後、それと対照しあう形で、老醜の姿をえがいていた。すでにあげたところだが、ふたたび示すと「手束杖　腰にたがねて　か行けば　人に厭はえ　かく行けば　人に憎まえ　老男《およしを》は　かくのみならし」というのである。

年若い作者がこう歌うのならまだ話はわかる。比較的短命であった当時、六十九歳はかなり高齢であるし、現にこの五年後に彼は没している。五年後の「痾《あ》に沈みて自ら哀ぶ文」の中では、

……四支動かず、百節皆疼《うづ》き、身体太《はなは》だ重く、……布に懸《かか》りて立たんとすれど、翼《つばさ》を折れる鳥の如く、杖に倚《よ》りて歩まんとすれば、跛足《はそく》の驢《ろ》に比《たぐ》ふ……

山上憶良（巻五、八九六の次）

といっている。この苛酷なリアリズムは、醜悪な老が語られれば語られるほど、われわれを感動させずにはいないだろう。これは憶良の文学的「永遠」の志向であったと

いえる。

「万葉集」のふくみ持つ美はさまざまで、その多様性のゆえに輝いてもいるが、けっきょくは彼らの真実の詠嘆だということにおいて、「万葉集」は人間の普遍性に参加してくる。われわれがこの歌集の中につねに自己を見つめ得るというのは、真実の普遍性によるのである。

美しき真実の中に、永遠性をかいま見る思いが、「万葉集」の基本の感動であるにちがいない。

あとがき

私は、学生時代に大伴家持の歌が大変好きであった。

春の野に霞たなびきうら悲しこの夕光《かげ》にうぐひす鳴くも

（巻十九、四二九〇）

「この夕光にうぐひす鳴くも」――夕映えということばがあるが、もうそこいらじゅうを輝くように明るくする夕日のひと時がある。その夕映えの中にうぐいすが鳴くという感受の繊細さに、私はすっかり驚いてしまって、この、透明で細やかな詩人をこよなく愛したのだった。いまから思えば堀辰雄や立原道造の作品にあこがれていて、喀血した堀を立原が松原湖にたずねたことがあるなどということを知ると、松原湖へとんでいったりしていた、感傷ふうな青年期だった。

大学を出てからしばらくは、柿本人麻呂の、あの格調高い歌に、もっとも心ひかれていた。

淡海の海夕波千鳥汝が鳴けば心もしのに古思ほゆ　（巻三、二六六）

この雄渾さ。ことに長歌が好きで、軽の妻の挽歌や石見から上京する時の歌など、よどみなく流れる、高らかなひびきを、よく暗誦したりしたものだった。

そしてこの数年は山上憶良に心をとらわれて来た。立ち入って知れば知るほど、息のつまるような思いをさせられる憶良。一体この男は何者なのかと、その人間苦にゆがんだ表情をまじまじと見つめることが多かった。

それがあまりにも息ぐるしくて、いまは高橋虫麻呂が好きである。憶良と同じ出発点に立ちながらの虚無の風貌が、あるいは本物なのかも知れぬ、と思う。

以上は、私が「万葉集」にかかわって来た二十年ほどの間の推移だが、考えてみれば、繊細さから雄渾さへ、人間苦から虚無へという気ままな移りかわりは、存外に私の年齢と一致していて、自分が平凡な人間なのだという結論しか出て来ない。しかし平凡な推移だということは、この歌集が、忠実にある人間の半生に随伴して裏切らなかったということだし、半生の精神を支えるにたる力量を、この歌集がもっているということであろう。

「万葉集」とはそういう歌集である。

私はこうした「万葉集」との二十年を、しあわせだったと思っている。そこで、このしあわせを、広く人々に体験してほしいと願う気持を、この書物を書く基本においた。だから、この書物は、年齢を問わず「万葉集」について初心の人々、若い学生諸君や働く人々、つまり「万葉集」に向かってこれから出発しようとする人々を念頭において書いた。幸いに読者の皆さんが、かつての私のように「万葉集」に気ままに心をゆだねるようになってくれれば、望外のよろこびである。

一九七二年　中秋

文庫版あとがき

「万葉の心」が文庫に装いを改めて登場することを、いま心から喜んでいる。

というのも、この本は誰でもがどこでも気軽に読んでもらえる、しかし全体として「万葉集」がよく解るように書いた本だからである。

毎日新聞社から「万葉集」の全体を知りたい人に向けて、書き下ろしをしてくれと依頼があった時、専門家用の二十巻の「万葉集」の解説書を一冊に集約しようとした。しかも一つ一つの専門家向きのことばを、すべて平易なことばに置きかえ、できるだけ実際の歌を例としながら。

書き方も毎週一日を執筆に当てて、均一なペースで書いた。

——ということは、まさに文庫という形の日常愛読書を作ろうとしたことになる。だからここで、やっと本来の目的とした体裁をとって、「万葉の心」が読者の許に届けられるということではないだろうか。

わたしは、うれしい。

いまこの本を手にとっておられる皆さん、どうかこの気持ちを汲みとってほしい。その上で十分、読書を楽しんでほしい。その上で、さらに詳しいことを知りたければ、わたしの他の本をどんどん読んで頂きたい。「万葉集」はどこまでも、皆さんを満足させるはずだ。

二〇一九年　春

著者紹介

中西進（なかにし・すすむ）

1929年、東京生まれ。東京大学大学院博士課程修了。文学博士。文化勲章受章。『万葉集』など古代文学の比較研究を主に、日本文化の研究と評論活動をつづける。筑波大学教授、国際日本文化研究センター教授、大阪女子大学学長、京都市立芸術大学学長などを歴任。現在は高志の国文学館館長、東日本国際大学客員教授・比較文化研究所長ほか。

著書に『万葉集の比較文学的研究』（読売文学賞）、『万葉史の研究』（日本学士院賞）、『万葉と海彼』（和辻哲郎文化賞）、『中西進の万葉みらい塾』（菊池寛賞）、『万葉の秀歌』、『万葉集　全訳注原文付』（全4巻・別巻1）『中西進万葉論集』（全8巻）、『源氏物語と白楽天』（大佛次郎賞受賞）、『中西進著作集』（全36巻）など多数。

本書は一九七二年十二月に毎日新聞社より刊行されました。

カバーデザイン　川名潤

毎日文庫

万葉《まんよう》の心《こころ》

第1刷　2019年5月30日
第2刷　2019年6月 5 日

著者　中西《なかにし》 進《すすむ》
発行人　黒川昭良
発行所　毎日新聞出版
東京都千代田区九段南1-6-17 千代田会館5階
〒102-0074
営業本部：03(6265)6941
図書第一編集部：03(6265)6745
ブックデザイン　鈴木成一デザイン室
印刷・製本　中央精版印刷

 ISBN978-4-620-21026-1